Los sueños se cumplen

Rachel Galsan

Los sueños se cumplen

El papel utilizado para la impresión de este libro ha sido fabricado a partir de madera procedente de bosques y plantaciones gestionadas con los más altos estándares ambientales, garantizando una explotación de los recursos sostenible con el medio ambiente y beneficiosa para las personas. Por este motivo, Greenpeace acredita que este libro cumple los requisitos ambientales y sociales necesarios para ser considerado un libro «amigo de los bosques». El proyecto «Libros amigos de los bosques» promueve la conservación y el uso sostenible de los bosques, en especial de los Bosques Primarios, los últimos bosques vírgenes del planeta.

Primera edición: febrero de 2017

Travessera de Gràcia, 47-49. 08021 Barcelona
Detalle de ilustración de interiores diseñado por Freepik

Printed in Spain – Impreso en España

ISBN: 978-84-204-8534-8
Depósito legal: B-285-2017

Compuesto por Javier Barbado

Impreso en Romanyà Valls, S.A., Capellades (Barcelona)

AL85348

Penguin
Random House
Grupo Editorial

Eran las seis de la tarde, llegué a casa. Me acomodé en mi habitación y lo primero que hice fue encender el ordenador. Había sido un día agotador, exámenes y más exámenes. Para colmo, mi amiga se había enfadado conmigo sin razón alguna. Intenté despejarme un poco y entré en YouTube, buscando nuevos vídeos de los canales a los que estoy suscrita: «elLimonesOMG» había subido un nuevo vídeo.

—Wiiiii, genial —pensé.

Pinché en el vídeo y empecé a verlo. Era un Chatroulette. El rato que duraba el vídeo me lo pasé riendo como nunca y mis pensamientos desaparecieron. Terminó mi «felicidad». Sonó mi móvil, pegándome un gran susto.

—¿Diga? —pregunté de mala gana.

—Hola —dijo una voz seca y sin ánimos.

—¿Quién eres?

Después se escucharon carcajadas al otro lado de la línea.

—¿Oiga…?

—Es increíble que no reconozcas la voz de tu novio. —Sonreí levemente.

—Dani… —suspiré—. ¿Te has cambiado el número? No me salía tu nombre en la pantalla.

—Pues sí —rio.

—¿Cómo van tus vacaciones?

Hubo una pausa.

—... Te echo de menos, Sénder. No van bien las vacaciones sin... ti.

El corazón se me aceleró mucho. Dani y yo empezamos a salir hace menos de un mes. Estábamos en la época de exámenes, pero Dani y su padre se habían ido por trabajo a Portugal durante una temporada indefinida. Antes de ser pareja, Dani era mi mejor amigo, siempre había estado conmigo, desde que tenía consciencia.

—Yo también te echo de menos, pero disfruta, aunque sea sin mí. En serio, yo quiero que te lo pases muy bien.

—Te quiero mucho... —soltó.

Me sonrojé.

—Y yo a ti. —Noté que sonrió—. Debo colgar, tengo trabajo.

—Está bien, ya te llamaré. Adiós.

—Adiós, amor —colgué.

Estuve unas dos horas haciendo deberes. ¡Suerte que ya no tenía exámenes!

—Sénder, ¡a cenaaaaaaaar! —gritó mi madre.

—Vooooooooooy.

Recogí toda mi habitación y entré en el comedor.

Las clases empezaban como cualquier día. Hoy me encontraba sola. Se podría decir que no soy muy sociable, solo tengo dos amigos: Dani y Jennifer. Siempre he sido el hazmerreír del colegio, nadie me quería por mi aspecto: era la típica *nerd*. Pero este año, el último, di un cambio, al lucir ropa más femenina para intentar hacer más amigos. Solo algunos chicos al principio de curso se acercaron a mí para ligar, hasta que me preguntaron mi nombre: Sénder. Parecía que mi nombre los espantaba y, bueno, aquí estoy, en el último trimestre, con una amiga enfadada conmigo y mi novio fuera del país.

El timbre sonó y los alumnos se levantaron contentos de sus asientos para irse a sus casas. Yo, como era habitual, recogí mis cosas cuando la clase estaba vacía. Suspiré y tomé el camino hacia mi casa. Me sentía demasiado sola, quería arreglar las cosas con Jenni, pero ella se había enfadado sin motivo, solo porque no le hice los deberes. Lo sé, sé que suena a que se aprovecha de mí, pero no es así. Solo me lo pidió ese día y, como le dije que no, se cabreó y no me habla.

—¿Qué pasa? —pregunté mientras dejaba la mochila al lado del sofá para sentarme.

Mi padre dio un gran salto y se levantó, aunque se limitó a desviar la mirada.

—Sénder, tenemos una noticia que darte —murmuró, como si estuviera apenado.

Ladeé la cabeza sin entender a qué venía aquello y esperé a que alguno de los dos me aclarara las cosas. Entonces, fue mi madre la que tomó las riendas de la breve conversación que estaba por venir.

—Nos mudamos a Madrid.

«625».

Lo único que me pasó por la cabeza fueron los kilómetros de distancia entre Barcelona y Madrid: 625. Me quedé blanca, incapaz de articular palabra alguna.

—¿Sénder…? —Mi madre se acercó para acariciarme el brazo y sacarme de ese trance.

—¿Cómo? O sea… ¿Por qué justo ahora?

—Bueno… Tú nos explicaste que estás muy sola aquí y pensamos en…

Rápidamente moví mi cabeza para negar lo que mi padre me estaba diciendo.

—No, no… —interrumpí—, yo tengo a Dani y a Jennifer…

—Solamente —terminó mi padre seriamente.

La verdad es que así era. Solo los tenía a ellos dos, aunque uno estaba fuera del país y mi mejor amiga ni me hablaba. Agaché la cabeza y reprimí unas enormes ganas de llorar. No quería irme, Barcelona era mi ciudad, la que amaba con todo mi ser. ¿Qué haría con Dani cuando volviera? ¿Cortar con él? ¿Se enfadaría mucho? ¿Y Jenni? ¿Qué pensaría ella? Ella tenía más amigas, podría vivir sin mí. Esas eran mis preocupaciones: no pensaba en mí misma, sino en mis dos únicos amigos. Después de aquel discurso mental, miré a mis padres, que tenían una expresión bastante preocupada.

—¿Cuándo nos vamos? —pregunté cerrando los ojos durante unos segundos. Cuando los abrí, en sus rostros pude ver una enorme sonrisa, y casi les faltó tiempo para abrazarme—. Que sepáis que la idea no me gusta, lo hago por vosotros e intentaré no rechistar.

Cuando nos separamos, asintieron enérgicamente con la cabeza. Les hacía felices que hubiera aceptado. Allí empezarían desde cero y su querida hija podría olvidarse para siempre de todos los abusos que había recibido en el colegio.

—Nos iremos en un mes, el mismo día que termines el bachillerato.

—¿Y la universidad? —cuestioné, pues aún no había hecho ningún examen de acceso.

—Sénder, no te preocupes por eso. Solicitamos plaza con tus notas y hace dos meses la aprobaron. Además, tenemos un contacto allí que favoreció las cosas. —Mi madre me guiñó el ojo.

—¿Carrera…?

—Diseño Gráfico, cariño. Ya sabes que nosotros no te obligaremos a escoger Derecho.

Pude mostrarles una sonrisa ladina, pues en el fondo estaba contenta. Mis padres siempre velaban por mi bienestar, a pesar de que querían que siguiera el oficio de la familia. Les di un beso en la mejilla como aprobación a esos planes y me fui a mi cuarto, donde me tumbé en la cama con un largo suspiro. Allí sí que me puse a pensar en todo…

«Puede que mis padres solo lo hagan para que socialice más y para que no lo pase tan mal… O, simplemente, cogen esa excusa para conseguir un trabajo mejor pagado. Pero no tiene sentido si lo han estado planeando durante meses, ¿no? Bueno, al fin y al cabo, puede que un cambio sea lo mejor para mí. Me gustaría ser… una chica a la que cualquier persona quisiera tener como amiga. ¡Sí, ya lo tengo! Voy a hacerme un gran cambio de look».

Salí del cuarto y les conté a mis padres esa alocada idea. Ellos me miraban confusos, pero aceptaron, así que me dieron dinero para ir a apuntarme a un gimnasio y quitarme de encima esos «michelines» de los que tanta gente se burlaba. A partir de ahora, las burlas hacia mi cuerpo habían terminado.

Claro que sabía que el físico no lo es todo, pero en ese momento, y debido a mi personalidad, para mí era importante: era tímida, tenía carácter y mucho orgullo. Por eso quería destacar en algo, quería verme guapa, aunque fuera solo por una vez. Después de apuntarme, con el dinero que me sobró fui a comprar ropa más femenina. Mucho más femenina y atrevida. Tampoco quería parecer demasiado atrevida, pero las únicas camisetas que tenía eran de cuello muy cerrado y pantalones siempre largos. Había decidido que ya no me avergonzaría de mi cuerpo, y por eso opté por comprar tirantes, faldas, shorts y cosas de esas que nunca me había atrevido a llevar. Como no compré nada de ropa de marca, me costó menos de cien euros. Aún me sobraba algo de dinero y, como si fuera cosa del destino, me paré delante de un centro de belleza con peluquería. Un cambio de peinado sería lo más básico para el nuevo look. Así seguro que me sentiría distinta.

—¿Qué te quieres hacer con este hermoso pelo rubio? —preguntó la peluquera acariciando mi pelo. Era bastante rubio y largo, pero siempre lo llevaba recogido porque cuando lo llevaba suelto las chicas de clase se metían conmigo, preguntándome si me creía una princesa.

—Pues... lo que sea, quiero un gran cambio, así que, por favor, sorpréndeme.

—Está bien, pero con una condición —asentí sin vacilar para que continuara—, deberás llevar los ojos vendados para que sea una sorpresa.

Me extrañó bastante aquella actitud, pero era verdad que le había pedido que me sorprendiera. Sonreí y me tapó los ojos. Después de muchos minutos sin ver nada, me quitaron esa venda y..., tras algunos parpadeos, todavía no entendía quién se reflejaba en el espejo, si era yo u otra persona. Era una chica pelirroja, con el pelo desfilado y que le llegaba por los hombros. Las puntas eran de un color carmín más intenso todavía. Ahora parecía una chica con confianza en mí misma. Aún tenía la cara redondeada, pero el color resaltaba mis ojos verdes y los hacía parecer casi esmeralda. Me quedaba como un guante.

—Te queda simplemente genial... —aseguró la peluquera acariciando mi sedoso pelo.

Mi acto reflejo fue un abrazo, puesto que la timidez me impedía articular un simple «gracias».

—Hija, estás genial... —Mi madre no podía ni creerlo.

Me separé del abrazo que me había dado y me dirigí hacia mi habitación aunque, antes de entrar, me giré hacia mis padres.

—Os devolveré todo el dinero, lo prom...

No pude ni terminar la frase, porque mi padre se adelantó.

—Es tu regalo de cumpleaños, sé que faltan dos semanas, pero es adelantado.

Estaba a punto de llorar de agradecimiento, así que entré corriendo en mi cuarto y cerré la puerta a mis espaldas.

Burlas, críticas y risas sobre mi pelo fueron las protagonistas de la clase al día siguiente. Y suerte que no había estrenado nada de ropa... Ese básicamente era mi día a día, mi día normal, pero ahora el blanco de todas las bromas lo pagaba ese pequeño cambio.

«Solo ignóralos, falta poco para irte, falta muy poco...», esas palabras resonaban en mi mente. Las necesitaba para no echarme a llorar en el baño como otras veces.

Hubo un momento en el que coincidí con Jenni, aunque solo cruzamos las miradas. Sin embargo, mi conciencia me hizo apartar mi orgullo y al final la tomé del brazo firmemente.

—Necesito hablar contigo después de las clases. Vente a mi casa a las seis y media —le dije, pero Jenni no quería ni mirarme.

—¿Y si no quiero?

—¿Por qué no querrías? Tenemos que solucionar esto. —Notar aquella firmeza en mí la sorprendió y fijó su mirada en la mía.

—Vale, pero ahora vete.

Las clases aburridas pasaron, hasta que el timbre anunció que los alumnos ya podíamos irnos a nuestras casas, así que, arrastrando todas y cada una de las miradas del colegio, yo también me fui, pero a morir al gimnasio.

Cuando llegué a casa, las cajas empezaban a hacerse visibles en nuestro pequeño hogar, aunque estaban vacías aún. Antes de nada, advertí a mis padres que vendría Jenni y que no dijeran nada del futuro traslado, porque todavía no era el momento y necesitaría tiempo para hacerlo, para prepararla. Aceptaron sin pestañear, confiaban en mí.

Pronto llegó la hora y llamaron al timbre. Allí estaba ella, mi mejor amiga, y, sin apenas saludarnos, ambas nos acomodamos en mi habitación. Ninguna de las dos hablaba, solo nuestras miradas paseaban sin rumbo aparente por aquel cuarto que empezaba a estar un poco más vacío que de costumbre, algo que Jenni no pudo notar de primeras.

—¿Por qué quieres hablar? —rompió el silencio ella.

—Porque no quiero separarme de ti —contesté sin rodeos.

—Es extraño —sentenció con una pequeña sonrisa, y yo fruncí el ceño sin entenderla—. Tu orgullo siempre gana y nunca quieres ir detrás de mí cuando me enfado, pero hoy es distinto. ¿Qué pasa?

—Solo que... No quiero que te enfades conmigo, porque estoy sola... Sin Dani, y no puedo perderte a ti... —Noté como mis ojos empezaban a humedecerse, pues sabía que en un mes los iba a abandonar.

Jenni pudo notar aquellas lágrimas retenidas y, sin pensárselo, se levantó para arroparme en un cálido abrazo. Yo me mordía el labio inferior para no llorar. No quería mostrar debilidad delante de nadie.

—Lo siento, yo solo quería que dejaras de ser tan orgullosa, no quería que... —optó por callarse—. He echado de menos hablar contigo.

Nos separamos y Jenni intentó sonreírme para que me calmara.

—Creo... que debo decirte algo importante —dije, un poco más recuperada.

—Espera, primero quiero que me digas el porqué de este pelo —sonrió pícara, provocándome la risa—. ¡Estás muy guapa! —Finalizó con un beso en mi mejilla.

—Eso es a lo que voy... Jenni, ya sabes que por tantas burlas e insultos no me siento cómoda... —Ella asintió y su sonrisa desapareció para mirarme preocupada—, aquí.

—¿Cómo que aquí?

—No sé cómo decirte esto, pero... mis padres... —Esas lágrimas, que antes temían ser vistas, salieron sin previo aviso—. Nos mudamos.

Mi amiga abrió los ojos como platos. Pequeñas gotas se asomaban por ellos. Tras un puchero inconsciente, decidieron caer por sus mejillas, igual que por las mías.

—¿Dónde vais a iros...?

—A Madrid. Ha sido el destino que han establecido mis padres para empezar una nueva vida.

Los sollozos de Jenni inundaron la habitación, cada vez más fuertes y duraderos, más potentes, y llenos de dolor y angustia. No podía ver así a mi amiga... Ya lo estaba pasando yo mal por el tema del traslado, pero que Jennifer llorara de esa forma tan desgarradora era algo que no podía haberme imaginado.

—¿Cuándo te vas? —preguntó como pudo; hasta tuvo que repetir la pregunta un par de veces, la voz se le quebraba.

—El último día de clase cogeremos el avión.

Las dos nos fundimos en un abrazo que duró mucho, después de tantas lágrimas derramadas, lamentos, llantos... Ni nosotras mismas podíamos imaginarnos cuánto tiempo estuvimos en esa posición.

Los días pasaron y estábamos a tan solo una semana de que nos mudáramos. Mis compañeros no sabían nada, así que las críticas continuaban sin apenas darme un respiro. Pero algo cambió... Mi actitud era muy distinta a la de meses atrás. Ahora ya no me importaban, llevaba toda la vida aguantando esas bromas y ahora ya desaparecerían, al fin.

—Maldita foca —había gritado una de mi clase. Yo me limité a sonreír porque sabía que no era así. Era cierto que mi cuerpo no estaba en forma aún, pero con el gimnasio había adelgazado casi 4 kilos en 3 semanas y no pararía hasta alcanzar mi objetivo. Me sentía orgullosa de mí misma.

Ese día, lleno de clases infernales, terminó. Hice lo mismo de siempre: llegué a casa, encendí el ordenador y revisé si algún youtuber había colgado algo. Y sí. «Miralroger» colgó uno. Miral era uno de los youtubers que más me gustaba, hasta yo misma me denominaba una «bandida», como él solía llamar a sus fans.

Después de tantas risas que me había echado con el vídeo, por las gilipolleces y tonterías que hacía Miral, me tumbé en la cama, rendida, para descansar un rato, pero mi reposo se vio interrumpido por una llamada telefónica. Alargué la mano hasta la mesita de noche para coger el móvil y contesté sin mirar el número.

Rieron.

—¿Hum?

Pude escuchar unas risas que provenían del otro lado de la línea y me incorporé al momento en la cama.

—¡Dani! —grité al reconocer esa risa tan melodiosa, aunque seguro que el chico se había quedado sordo después de mi chillido.

—Madre mía, si hubiera sabido que gritarías así, no habría llamado…

—Ja, ja, ja —reí sarcásticamente. Hacía varios días que no sabía nada de él—. ¿Qué querías?

—Solo que… —se pausó—. En dos semanas vuelvo.

Dos semanas. Dani todavía no sabía lo de Madrid, un gesto muy cobarde por mi parte, pero no me atrevía a decírselo. Él esperaba que la reacción de su chica fuera de completa felicidad, que estallara en gritos, pero eso nunca ocurrió. Mi expresión contenta se tornó en una tristeza profunda, tanto que mis mejillas empezaron a humedecerse por las lágrimas. No emitía sonido alguno porque no quería que Dani lograra escucharlo. Dani odiaba que yo llorara.

Pero no sabía cómo decírselo. Me angustiaba mucho que pudiera enfadarse conmigo, o hacer alguna locura… O que me dijera que no le importaba… Estaba hecha un lío.

—¡Bien! —dije sin ánimos ni energía.

—Sénder, ¿estás bien? Si no quieres verme, me quedo aquí… —bromeó, aunque no me hizo ninguna gracia.

—No es eso. Solo es que hace tanto que no te veo, y que por fin lo haré, que la emoción se ha apoderado de mí —mentí.

—Oh… Eso es muy dulce por tu parte.

El silencio que hubo después de aquello se hizo eterno y perturbador.

—Sénder, sabes que te quiero mucho —dijo él—. Quiero estar siempre contigo…

Este chico me lo ponía aún más difícil para cortar con él. Aunque me gustaba mucho, y a veces era muy tierno, la verdad era que nuestra relación nunca acabó de funcionar. El mes antes de que se fuera, habíamos tenido tantos altibajos, con tantas peleas y reconciliaciones, que estar con él resultaba adictivo. Pero durante estas semanas en las que no nos habíamos visto, aunque había sido muy agradable por teléfono, me di cuenta de que, la mayoría de las veces, no me hacía sentirme bien conmigo misma.

Dani nunca lo entendería. Insistiría en tener una relación a distancia, y yo no sería capaz de empezar de cero. Y eso era justo lo que quería: empezar de cero.

—Dani, sobre eso… —tragué saliva sonoramente. Hasta él lo había oído. Era ahora o nunca—. Estoy enamorada de otro.

Sí, eso fue lo único que se me ocurrió y, antes de desarrollarlo, ya había salido de mi boca. Era una cobarde. Ya me estaba arrepintiendo mucho de mis palabras, y sabía perfectamente el daño que le estaba haciendo. No era capaz de decirle que me mudaba, y solo se me había ocurrido eso para cortar con él. Iba a romperle el corazón y era lo que no quería precisamente.

—¿Dani? —pregunté con la voz entrecortada, pues él no había dicho nada aún.

—¿Esto es en serio? —Cerré los ojos, sabía que Dani había empezado a llorar.

—Sí, Dani. Y lo siento mucho, pero debes comprend...

—¿Quién es? —interrumpió firmemente.

«Piensa algo rápido, ahora ya lo has arruinado todo».

—No lo conoces. Es un chico que conocí en el parque y, bueno, pasó lo que pasó —suspiré antes de continuar—. Mira, Dani, yo ahora te veo como mi mejor amigo y por eso te lo cuento, porque no quiero que te enteres por terceras personas, ¿vale? Lo siento de veras, pero es que no puedo estar contigo...

¿Desde cuándo sabía mentir tan bien? Ni yo misma lo entendía, pero ahora me sorprendía de esa habilidad momentánea. Aunque no tenía demasiado tiempo para admirar esa cualidad, pues decirle a la persona que quieres que ya no deseas estar con ella... duele y mucho.

—Te comprendo —y cortó la llamada.

Las lágrimas volvieron a recorrerme las mejillas sin parar. Siempre recordaría ese día, había hecho mucho daño a la persona que era mi pilar, la que siempre me ayudaba... Y jamás me lo perdonaría. Entre llantos, me quedé completamente dormida.

La conversación con Jennifer no era de las mejores que podía haber tenido. Me estaba gritando y echándome la bronca por lo que había hecho. Además, el reloj apenas marcaba las siete de la mañana. Mi mejor amiga se había quedado en casa, ya que esa sería la última vez que podríamos dormir juntas, y nos habíamos pasado la noche prácticamente en vela mirando vídeos de nuestros youtubers favoritos.

—¿¡Cortaste con Dani mintiéndole!? —gritó cuando se lo expliqué—. Eres tonta.

—Lo sé, pero es lo primero que se me ocurrió y estaba nerviosa. Sabes que en este tipo de situaciones mi cerebro se colapsa…

Unos golpecitos en la puerta de la habitación interrumpieron nuestra conversación. El día esperado había llegado y en mi casa apenas quedaban muebles. Ya estaban todas las cajas llenas con ropa, objetos y otras cosas. ¿Muebles? Solo quedaban las camas, el resto lo llevaron al nuevo piso de Madrid.

—A levantarse, perezosas. Hoy es vuestro último día de clase —nos desperezaba mi madre abriendo la cortina y dejando entrar los rayos del sol, para después salir de la habitación.

—Oye, Sénder, ¿y esta ropa? —preguntó Jenni al abrir una de las cajas.

Me sonrojé al instante. Era la ropa que quería estrenar en Madrid, para empezar mi cambio.

—Nada. ¡Déjalo! —le dije mientras me quitaba la parte de arriba del pijama.

—¡Madre mía! Mírate… ¡Tienes un cuerpo de miedo! —Me hizo un repaso de arriba abajo con la mirada, aunque más bien parecía una inspectora observando todo mi cuerpo—. ¿Desde cuándo estás… buenorra?

En efecto, mi atuendo actual eran ropas anchas, y no dejaba que mis curvas se vieran. Seguramente por eso, todo el mundo me seguía haciendo comentarios despectivos sobre mi cuerpo, pero ya no eran verdad, y por eso no me afectaban de la misma manera que en el pasado.

—¡Cállate y vístete! —le ordené con rubor y me puse un sencillo conjunto.

Nos cambiamos, desayunamos y salimos hacia el colegio. El silencio se apoderó de nuestros pasos, aunque no era incómodo. Jennifer se paró en seco mirando al suelo.

—¿Jenni? —pregunté intentándole ver la cara, pero su pelo castaño le cubría el rostro.

Estaba quieta, con los puños cerrados.

—¿Te das cuenta? Será la última vez que vayamos andando juntas al colegio. Será la última vez que compartamos clase. La última vez que te ve...

—No, nos veremos, eso está clarísimo —la interrumpí. Esta vez, levantó la cabeza y pude ver que sus ojos estaban cristalizados, pero me mostró una leve sonrisa—. No te librarás de mí tan pronto, chiquilla. —La abracé con fuerza y ella me correspondió. Le agarré las mejillas, tirando de ellas sin hacerle mucho daño para moldearlas a mi gusto—. Irás a Madrid o vendré yo a Barcelona. Pero, por favor, no me olvides. —Deposité un beso en su frente y sonreí—. Ahora, vamos.

El último día de clases siempre es el peor de todos, sin excepción alguna. El profesor en cuestión hizo que todos los alumnos nos sentáramos en círculo para ir preguntando uno a uno los planes de futuro que teníamos, sumando charlas sobre la universidad que eran muy aburridas. Más de uno bostezó sonoramente para que el profesor se callara de una vez. Y la última persona en hablar fui yo, Sénder Capdevila.

—Voy a estudiar Diseño Gráfico —dije, nerviosa, jugueteando con las manos. No pasaron ni cinco segundos y las risas se escucharon por el lugar. El profesor las hizo callar y así pude continuar—, en la Universidad Nebrija de Madrid, allí iré. Y me han aceptado con una beca. —Lo último lo dije para que mis compañeros supieran que no era tan mala ni una incompetente.

Claramente, aquello los acalló, pero los murmullos no tardaron en llegar. Lo más probable era que se preguntasen cómo una persona «como yo» había logrado entrar becada en una universidad, lo que me hizo sonreír para mí misma.

—Vaya, señorita Capdevila, ¿y el cambio repentino de ciudad? —El profesor estaba impresionado.

—Porque no quiero sufrir más. —Observé a todos los compañeros, que miraban a todas partes menos a mí. Estaban avergonzados o incluso sentían envidia.

—¿A qué se refiere?

—Nada, profesor. —No iba a delatarlos, no me veía capaz, aunque debería haberlo hecho. Lo más probable es que el arrepentimiento me persiguiera toda la vida, pero ahora mismo no quería pensar en aquello.

Jenni me dio un codazo y me susurró un «bien hecho». Por una vez, sentía que había hecho lo correcto. Las siguientes horas continuaron siendo aburridas, pero mejor que las clases normales, llenas de teoría. No nos graduamos en ese momento porque lo habíamos hecho dos meses atrás para que Dani, que se fue a Portugal, pudiera asistir.

Llegó la hora de salida y todos empezaron a abrazarse, a llorar y a despedirse. Se escuchaban muchas falsas promesas, los «nos iremos viendo» o los «no te olvidaré», por ejemplo. Yo los observaba desde un rincón, esperando a Jenni, pues nadie vendría a despedirse de mí, o eso creía. Algunos se acercaron, aunque, claramente, no fueron despedidas muy agradables. Solo la mirada furiosa de algunos alumnos, que me dedicaron un simple y rotundo «hasta nunca» que quedaría grabado en mi corazón durante una temporada. Yo intentaba parecer serena y que eso no me afectara, pero todo era pura fachada, pues el daño ya estaba hecho. Sentí cómo unos brazos me rodeaban; era Jennifer.

—Vámonos —dijo, y yo asentí mientras me dejaba llevar por mi mejor amiga, pero los compañeros nos impedían el paso—. Apartad, idiotas —se rebeló Jenni, y le hicieron caso.

Salimos del colegio y nos paramos para mirarlo desde fuera. No sabía con exactitud si sentía alivio o dolor, había vivido un auténtico infierno allí dentro, pero si no hubiera pisado ese suelo, no habría conocido ni a Dani ni a Jenni. Algo tenía claro, que esa sería la última vez que lo vería, y que no sufriría más por el acoso.

—Ven —dijo mi amiga y me abrazó con fuerza, para que todos los males desaparecieran—. Debemos irnos pronto a tu casa para preparar las cosas e ir al aeropuerto.

—Vale —fue lo único que pude decir.

Después de un corto camino, llegamos a nuestro destino. Observé la casa, como el colegio, aunque estaba claro que todo lo que habitaba ahí eran buenos recuerdos. Echaría de menos ese hogar, en él pasé los mejores años de mi vida. Tras mostrar una sonrisa, Jenni y yo entramos, y nos encontramos con mis padres, que se tiraron a mis brazos. Yo les expliqué todo lo ocurrido.

—¿Seguro que ya estás bien? —repetían durante todo el camino hasta el aeropuerto.

—Por décima vez, sí. Ya no los veré más, así que perfecto para mí.

—Llegó el momento… —dije, apretando algo más fuerte la pequeña bolsa que tenía en las manos. Odiaba las despedidas y esa sería una de las más dolorosas de toda mi vida.

Estábamos delante de la puerta de embarque. Habíamos pasado prácticamente dos horas vagando por el aeropuerto, aunque para nosotras el tiempo había transcurrido demasiado rápido por las charlas finales que tuvimos, riendo sin parar y, sobre todo, diciendo cuánto nos echaríamos de menos.

—Lo sé —contestó Jenni—. No me olvides, por favor. Amiga, eres lo más importante que tengo en estos momentos y... esto es difícil —rio un poco nerviosa—. Te quiero mucho y quiero que sepas que eres perfecta, no recuerdes a todos esos idiotas que te insultaban, ellos solo querían molestar. De verdad, eres una de las mejores personas que he conocido, y eres hermosa, con un gran corazón. Espero que seas muy feliz allí y que la gente te respete. Te quiero, Sénder —terminó entre lágrimas, pero con una gran sonrisa pintada en los labios.

Yo no tardé en llorar... Esas palabras me marcaron, y lo agradecía de todo corazón.

—Jennifer, gracias a ti no he hecho ninguna tontería. Desde que llegaste a mi vida, todo se iluminó, la oscuridad desapareció. Te agradezco todo lo que has hecho por mí. Si no hubieses aparecido, seguramente estaría muerta, me habría suicidado, pero me enseñaste a ser fuerte. Gracias, amiga. Te quiero muchísimo. —Y entonces Jenni me arropó entre sus brazos.

Ese abrazo era fuerte y protector. Era un abrazo de despedida y estaba cargado de sentimientos.

—Disfruta —dijo finalmente—. Te echaré de menos, pero estaremos en contacto todos los días, ¿vale? —sonrió dejando ver sus dientes.

—Lo mismo te digo, Jenni.

—Sénder, debemos irnos —gritó mi padre.

Asentí y miré a mi mejor amiga.

—Adiós... —Suficientes lágrimas se habían derramado ya, así que no lloré más.

—Adiós, Sénder. —Jennifer afrontó esa realidad con más serenidad y firmeza.

Ella movía las manos despidiéndose de mí mientras yo dirigía mis pasos hacia mis padres, quienes me miraron con preocupación al verme tan triste.

—Estoy bien, no os preocupéis —les comenté con una pequeña sonrisa.

Ellos se miraron y asintieron. Apenas pasaron unos minutos para que subiéramos al avión y nos sentáramos en nuestros respectivos asientos. En una hora, estaríamos en Madrid, empezando una nueva vida. Estaba totalmente absorta en mis pensamientos: la despedida con Jenni, mi vida escolar, la ruptura con Dani... Todo eso bailaba por mi cabeza sin dejarme descansar ni echar una cabezadita durante el trayecto.

—Sénder, debes estar abierta al nuevo mundo que vendrá. —Mi padre me sacó de mis preocupaciones, mientras acariciaba mi brazo izquierdo para calmarme un poco.

—Lo sé, pero allí no tengo a nadie.

—Nos tienes a nosotros —sonrió, pero soltó una risilla—. Vale, es broma, pero, de verdad, deberías plantearte ser más abierta, por lo menos intentarlo. Sabemos que con todo lo que ha ocurrido te será difícil, pero por intentarlo no se pierde nada, ¿verdad?

Cerré los ojos algo molesta, no quería ahora una de las «lecciones» de papá, prefería estar el resto del viaje en silencio, pero eso no pasaría. Más bien, ni treinta segundos pasaron para que mi madre rompiera la tranquilidad.

—Piensa en que estarás más cerca de ese tal Liam —dijo de repente. A mí se me subieron los colores, hasta podría decirse que iba a conjunto con mi pelo.

—¡Mamá! —grité nerviosa y me incorporé en mi asiento, intentando disimular mi nerviosismo.

Liam Garrido Dewitt, más conocido como «elLimonesOMG», o simplemente «Lemon», era mi youtuber favorito. De cabellos rubios y ojos de color beis, Liam era un joven apuesto, de no más de veintisiete, que conquistó YouTube en cinco años. Tenía muchos muchos fans, a los cuales se les otorgaba el nombre de «limones» o «limonas». Era bastante alto, rozaría el metro noventa, o algo menos, pero, a mi lado, sería como un gigante, pues yo apenas llegaba al metro sesenta.

Llegamos a nuestro destino y salimos medio doloridos por los asientos del avión, que eran demasiado incómodos y estrechos. Recogimos las maletas y pedimos un taxi. Me quedé observando aquellos vehículos públicos, pues me parecía curioso que tuvieran una raya roja en diagonal. Los de Barcelona eran de color amarillo y negro; podían recordar a los colores de una abeja. «Son más elegantes que estos», pensé por un momento, pero tenía que conformarme con estos de ahora en adelante. Después de media hora de trayecto por el bullicioso tráfico de Madrid, salimos del taxi y nos quedamos delante de un bloque de pisos, un poco antiguo, y mi padre abrió el portal con la llave que tenía guardada en el bolsillo. Subimos en ascensor y entramos en nuestro nuevo piso. Estaba algo nerviosa, ahora tenía que vivir en ese lugar, y la primera impresión fue «qué desordenado está todo...». Era normal, todos los muebles estaban superpuestos por allí, sin colocar, sin orden alguno, más las cajas, que estaban juntas en un lugar, apoyadas en una pared blanca. Dentro de lo que cabía, era un piso pequeño, pero lo suficientemente grande para vivir tres personas. Me había gustado.

Estuvimos casi toda una semana desempaquetando las cajas y ordenando los muebles a nuestro gusto, aunque algunos tuvimos que desecharlos porque no teníamos espacio. Ningún vecino nos dio la bienvenida, salvo el portero. Una vez que estuvo todo listo, me tiré en mi cama, rendida. Había sido una semana realmente agotadora. Mi cuarto era de un tamaño considerable para mí y más grande que el de Barcelona, de paredes blancas con algunas rayas moradas y con un gran ventanal que dejaba pasar toda la luz del sol. Mi armario, mi cama y los demás muebles eran los mismos que los de la otra casa, pues por el presupuesto de mis padres no podíamos permitirnos comprar más. Alargué mi mano hasta la mesita de noche para coger mi móvil y pude comprobar que tenía un mensaje de voz.

—Hey, Sénder. Puede que no me quieras ver, pero no tiene sentido si dijiste que me considerabas un amigo. Lo que digo, que ya estoy de camino. Espero verte pronto. ¡Te quiero!

Era Dani y yo me congelé al escucharle. ¿Cómo se tomaría el hecho de que no estuviera allí? No quería ni imaginármelo… Salí del cuarto con un nudo en la garganta y me encontré a mis padres tomando café en la cocina, sentados en la mesa que ya habían colocado. Ambos se giraron hacia mí cuando me escucharon entrar.

—Hija, vete de compras o a visitar tu nueva ciudad. No has salido en toda esta semana, solo a comprar el pan —dijo mi madre levantándose y dándome un poco de dinero.

—Está bien, mamá —contesté sin muchos ánimos, pues sería una buena oportunidad para conocer mi nueva ciudad y, de paso, olvidarme del mensaje de mi exnovio. Ya pensaría en algo de camino.

Acepté el dinero, aunque era bastante escaso, pero no iba a rechistar, y tomé la copia de las llaves que me dejaron mis padres, para después salir a paso rápido. Solo me llevé el móvil y el dinero dentro de un pequeño bolso rojo que tenía una forma circular, con unos puntitos negros, simulando una mariquita. Salí y me empezó a cambiar la cara al cruzar la calle. Nos habíamos mudado al centro de Madrid y era tan diferente a mi ciudad natal… Pero me gustaba el cambio.

Caminé por la calle principal, mirando tiendas y escaparates con total asombro. Todo era precioso. Y recordé mi atuendo, la ropa que me había comprado para el cambio. Ahora llevaba lo de siempre, la ropa poco femenina, que me hacía esconder todas esas curvas que tenía. Pensando en eso y en la respuesta para Dani, me dieron las nueve de la noche, así que decidí volver para casa. Había estado muchas horas fuera y sin comprar nada... Pero algo me paró.

Era una simple tienda de videojuegos, una llamada GAME para ser concretos. A mí no me gustaban demasiado los videojuegos. Desde pequeña ninguno me había enganchado, aunque veía constantemente *gameplays* de mis youtubers favoritos. Lo que me había parado era el blanco y pequeño cartel en el que podía leerse un «Se busca dependiente». Entré rápidamente en el lugar, eran las nueve, y seguramente no tardarían en cerrar. Quería ese trabajo, así aportaría algo de dinero en casa o lo utilizaría para comprarme alguna cosa. Me dirigí al chico que estaba en la caja, con el pelo rizado, moreno y los ojos del mismo color. Era muy atractivo, con facciones delgadas. Él me atendió al momento, pero mostrando una sonrisa algo forzada.

—¿Cómo puedo ayudarla a estas horas de la noche, señorita? —preguntó de forma educada. Claramente estaba molesto, pues pensaba que sería uno de los típicos clientes pesados de última hora que no te dejan marchar nunca.

—He visto que buscan dependiente, ¿aún estoy a tiempo? —pregunté señalando el cartel.

—Ah, eso. Sí, venga conmigo. —Hizo un gesto para que le siguiera.

El local estaba desierto, así que fue fácil atravesar todo ese lugar hasta una salita que estaba llena de ordenadores. Un señor de unos cuarenta años se levantó con una sonrisa al ver al chico moreno. Este le dijo algo que no pude entender y el hombre me miró mostrando una sonrisa. Un escalofrío recorrió todo mi cuerpo, ¡pero me mantuve serena!

—Así que está interesada en el puesto. —Asentí tímidamente y me maldije internamente; ser tan introvertida me iba a dar problemas, y más en el trabajo, así que tenía que cambiar—. Pues mañana debe traerme su currículum y el puesto será suyo. —La sonrisa del hombre se ensanchó.

El chico y yo nos miramos perplejos al escucharlo. ¿Así se consigue un trabajo? Fue demasiado fácil y era algo sospechoso, ¡ni una entrevista necesitaba para que me cogieran! Sin duda, era extraño.

—¿Cómo? —pregunté, creyendo que se trataba de una broma—. ¿Así?

—Sí, nunca hemos tenido mujeres interesadas en este trabajo y una cara bonita siempre consigue más ventas —explicó de forma simple.

Todo era para atraer a la clientela... Era algo desagradable lo que decía, pero por probar no perdía nada, y yo quería y deseaba el dinero que podía aportar en casa.

—Está bien, entonces mañana le traigo lo que desea. Me llamo Sénder Capdevila y le agradezco mucho esta ciega confianza —intentaba sonar seria pero agradecida.

—De acuerdo, señorita Capdevila, mañana también hablaremos sobre el tema del contrato.

Me entregó un pequeño papel donde había un horario provisional. Después de una despedida formal entre nosotros, me fui hacia mi casa, feliz por haber encontrado trabajo.

Me encontraba detrás del mostrador, atendiendo a los clientes con la ayuda de Nacho, el joven moreno que había conocido ayer. Me indicaba cómo hacer mi trabajo y yo no tardé en adaptarme. No era un trabajo difícil, pero tenía que aprender bastante sobre el campo de los videojuegos, enterarme de cuándo saldrían los estrenos... Además, varios chicos ya me habían echado el ojo. El pelo rojo resaltaba mis ojos verdes y mi piel pálida. También era mucho más llamativa; yo, que siempre había querido pasar desapercibida, ahora podía ser el centro de atención.

—Sénder, en diez minutos termina tu turno.

—Gracias, Nacho.

El trabajo terminó a las siete de la tarde y me fui directa a casa. La tienda estaba muy cerca, así que el trayecto no duró demasiado.

—Ya he llegado —grité cuando entré por la puerta.

Dejé mis llaves en el cuenco de la entrada mientras colgaba mi bolso en el perchero.

—Hola, cariño. ¿Cómo ha ido el primer día? —me preguntó mi madre desde la cocina mientras cortaba algo de cebolla para la tortilla de patatas que estaba preparando. La opinión de mis padres respecto a ese trabajo era muy positiva, y era normal: un sueldo más entraba en casa.

—Pues perfecto, mamá —sonreí mientras me acercaba hasta la sala—. ¿Y papá?

—Se ha ido con un vecino. —Fruncí el ceño por la sorpresa, pues ninguno de ellos se había acercado a saludar. Mi madre se giró para mirarme—. Sí, uno que se presentó y parece muy buen chico... Nos invitó a tomar algo, pero, como «alguien» se dejó el móvil en casa, me he tenido que quedar. —Arqueó una de sus cejas, era obvio que hablaba de mí.

Solté unas carcajadas y negué con la cabeza, mientras me apoyaba en el marco de la puerta para poder observarla mejor.

—Lo siento —contesté después de limpiarme algunas lágrimas producidas por la risa—. ¿Y cómo es el vecino?

—Alto, rubio ceniza y ojos verdosos, parecidos a los tuyos.

Decidió seguir cortando cebolla y dejó de mirarme. Cogió unas pocas patatas para empezar a quitarles la piel.

—Seguro que es un treintañero, ningún joven es tan formal…

—No te creas, tenía menos de 25 años, o se conserva muy bien. —Mi madre me guiñó el ojo y mis mejillas ardieron. Seguramente ya me quería emparejar con ese chico al que no conocía de nada, ni siquiera sabía su nombre—. Además, su cara me sonaba mucho, pero no me acuerdo de qué. —Se rascó la mejilla por unos momentos.

—Ay, mamá, el alzhéimer ya empieza a afectarte —me reí de nuevo a coro con mi madre y me acerqué para darle un beso en la mejilla—. Me voy a mi cuarto, avísame cuando la cena esté lista, por favor.

Me fui a mi habitación para sentarme en mi cama, quitarme los zapatos y ponerme mis chanclas, que eran muy cómodas. Rebusqué entre mis cosas hasta coger mi portátil para mirar un nuevo vídeo de Lemon jugando al *Slender*, un juego de miedo que consistía básicamente en no encontrarse con un monstruo blanco con las extremidades muy largas. Yo me reía a carcajadas por las caras y gritillos de ese youtuber; realmente él tenía miedo y no parecía que estuviera actuando. Era muy muy natural.

No me quedé mucho tiempo más encerrada en mi cuarto porque mi madre enseguida me llamó para ir a cenar; así que obedecí y, después de poner la mesa para dos, empezamos a comer y, sobre todo, a charlar de cómo había ido el día. Entre tanta charla, el reloj marcó las once de la noche. Mi padre entró en casa a aquella hora, se notaba que estaba un poco bebido, pues se tiró en el sofá sin decir nada, pero su recorrido hasta él lo hizo tambaleándose. Pocos segundos después, empezó a roncar. Nosotras nos miramos, nos reímos y nos levantamos de nuestros asientos para llevarle a su habitación, aunque era algo complicado. Una le cogía por los brazos y la otra por los pies, perdiendo el equilibrio de vez en cuando, cosa que solo provocaba más y más risas. Finalmente pudimos recostarle en la cama, sentándonos rendidas a su lado e intentando recuperar el aliento perdido.

—Mamá, yo me voy a dormir. Mañana veremos qué nos cuenta papá...

Estaba ansiosa por saber qué había pasado. Podía imaginarme que se lo había pasado genial. También sentía curiosidad sobre ese vecino que emborrachó a mi padre, un hombre que casi nunca bebía y, después de unas horas de conocerse, él lo había conseguido. Sonriendo, me fui hasta mi cuarto para cambiarme de ropa y ponerme mi pijama de verano, de color negro con algunos toques de rojo. Me tumbé en la cama con *El hobbit* de J.R.R. Tolkien en mis manos con la intención de leérmelo, pero, en menos de veinte minutos, el libro se encontraba abierto sobre mí y yo había caído en los brazos del dios del sueño, Morfeo.

Unas horas después, abrí los ojos, aunque tuve que parpadear varias veces para acostumbrarme a la luz, mientras me sentaba en la cama y estiraba los brazos para desperezarme. Allí pude ver la silueta de mi madre, que me estaba mirando con una sonrisa.

—Buenos días... ¿Está papá despierto? —pregunté en medio de un sonoro bostezo.

Ella asintió. Me duché rápidamente y me puse un vestido que me llegaba un poco más arriba de las rodillas. Era de color azul, y realzaba mi pelo rojo. Me maquillé ligeramente, solo la raya de los ojos y un poco de rímel. Salí del cuarto con una sonrisa. Hoy me veía muy bien y estaba contenta, y además quería escuchar la historia de mi padre.

—*Helloooo!* —saludé. Mi padre estaba sentado en la mesa leyendo el diario y le besé la mejilla. Después me senté enfrente de él—. Menuda marcha ayer, ¿eh?

Rio y dejó el periódico. Mi madre, interesada en la conversación, se acercó a nosotros.

—Fue espectacular, hacía muchísimo tiempo que no me sentía tan joven —sonrió—. Nos fuimos a una discoteca llamada Goldens o algo así. Me divertí mucho bailando. Me convertí en todo un veinteañero.

Mis padres tenían solo 40 años. Me tuvieron con 22 años los dos y, bueno, eran jóvenes que disfrutaban de la marcha hasta que llegué yo. Y yo era todo lo contrario. Al no tener suficientes amigos, a mis 18 años, nunca he salido de fiesta.

—¿Te fuiste con el vecino sin conocerlo? —pregunté curiosa.

—Ajá —asintió y dio un sorbo de café—. Es muy majo, de veras, además conocí a su compañero de piso. Son muy graciosos. Tienen 23 y 22 años. —Me guiñó el ojo y volví a sonrojarme. ¡IGUAL QUE MAMÁ! Se notaba que estaban hechos el uno para el otro—. Y son muy guapos.

—Ya, vale. Eres igual que mamá. —Rieron—. ¿Y cómo se llaman?

—¡SABÍA QUE ESTARÍAS INTERESADA! —gritó mi madre entre risas.

—¡No! ¿Qué hay de malo en saber los nombres de tus vecinos? —Crucé los brazos fingiendo estar enfadada.

—De uno no me acuerdo, pero el otro se llamaba Liam.

«Liam, igual que el Lemon…». Este pensamiento no tardó en pasarme por la cabeza.

—Está bien, debo ir a trabajar.

—¿Tan pronto? —dijeron al unísono.

—Sí, tengo que hacer inventario. Y no es tan pronto, son ya las dos. —Gracias, mamá, por despertarme tan tarde. —La fulminé con la mirada. Me gustaba levantarme lo más pronto posible, sobre todo si tenía que trabajar.

—Te iba a despertar antes, pero tu padre estaba durmiendo y quería que en cuanto te levantaras habláramos de su fiesta —sonrió.

—Ya, ya, excusas. —Cogí el bolso—. Bueno, nos vemos luego.

Me marché rápidamente rumbo al trabajo. Estaba animada, todo era ya como una nueva vida, sin bullying. Sonreí mientras caminaba animadamente, hasta que llegué. Todas las miradas se posaron en mí, tanto clientes como empleados no me quitaban los ojos de encima. Mi sonrojo fue visible, ante lo que algunos sonrieron. Nacho se acercó rápidamente y me explicó lo que tenía que hacer; era fácil, había que colocar algunos juegos en sus estanterías correspondientes.

—Bien, voy a prepararlo.

Salí de allí y busqué mi tarjeta. Era una de las típicas que se ponen todos los empleados, con el logo de GAME y el nombre, para que los clientes sepan que trabajas allí. Cogí unos cuantos juegos de la Xbox 360 que estaban en el inventario. Debía ponerlos en las estanterías, así que salí rápidamente de la sala. Ver tanta gente en un momento me sorprendió, apenas habían pasado unos minutos desde que había entrado en esa sala y ahora estaba casi todo lleno.

—¿Quieres que te ayude? —Una voz hizo que parara de colocar los videojuegos.

—No hace falta, Nacho. —Volví a mi trabajo, pero se giró.

Así pude continuar, hasta que pasó una hora y terminé. Nacho me pidió que despachara porque había muchísima gente y él no daba abasto solo. Yo no era muy rápida, pero Nacho me dijo que no pasaba nada, que lo conseguiría con la práctica y, en el fondo, tenía razón, siempre era así. Muchos clientes me piropeaban o no despegaban la mirada de algunas partes de mi cuerpo, cosa que me hacía ponerme nerviosa y mi timidez volvía a manifestarse con tartamudeos o con los colores en mis mejillas.

Mientras atendía, me fijaba en que muchos reservaban el *Call of Duty: Ghosts*, un juego que iba a salir en dos o tres meses.

—¡¿Es que aquí no hay más gente?! —se quejó un cliente que esperaba en la cola.

—¡Cállese! —gritaba otro.

Algunos se unieron a los gritos, provocándome un leve dolor de cabeza. La cola avanzaba y me di cuenta de que el siguiente cliente era el que se había quejado. Temía que fuera el típico viejo con prisas y que empezara a insultar a todo el mundo. Pues allí estaba, cabizbaja, esperando a que el problemático cliente pasara y me diera el juego que llevaba en las manos. No lo miraba, solo tenía mi mirada clavada en sus manos, en las que llevaba concretamente *Fast & Furious*. Hice ademán de cogerle el juego, pero el chico me interrumpió con sus palabras.

—¡Por fin! —gritó y su mirada bailó hasta mí—. Oh, tenemos nueva dependienta.

Me quedé sin habla, con la boca abierta. Era el mismísimo Lemon, mi ídolo, mi youtuber favorito, el hombre que tanto me hacía reír.

—¡Ah… ah! —tartamudeé—. Eres Lemon.

Su sonrisa aumentó de tamaño. Esa sonrisa por la cual se había convertido en mi amor platónico, al que nunca podría haber imaginado conocer en persona, y mucho menos atenderle.

—Tienes razón, muchacha —dijo con un acento cubano que siempre ponía para hacer reír a la gente—. Soy Lemon.

Me sonrojé y le cogí el juego de las manos, dejándole sorprendido, pero luego rio. Había sido demasiado brusca, pero el mismo youtuber sabía que no lo había hecho rudamente, sino que mi timidez había actuado por mí.

—¿Te pongo nerviosa? —Lo miré con los ojos como platos y negué con la cabeza y con nerviosismo, pero sin decir nada.

Me centré en atenderlo. Era solo un cliente. «Un cliente, Sénder», suspiré y lo volví a mirar una vez más, calmada y con la respiración de vuelta a la normalidad.

—¿Algo más, señor? —pregunté con seriedad.

— Uyyyyy, Rojiza… ¡Cómo la has liado ahora!

«¿Rojiza?». Sí, así me había llamado, pero no entendía el porqué… Pero tampoco era algo que me disgustara demasiado.

—¿Qué?

—Nunca me llames señor, nunca, ni me trates de usted —me amenazó con su dedo haciéndome reír. Seguidamente, leyó mi nombre en el cartelito—: Sénder. —Me sonrojé como nunca cuando lo pronunció—. Pero si te gusta más Rojiza, te llamaré así —sonrió, y yo también. Rojiza, un nuevo mote para una nueva persona. Me gustaba.

—Aquí tienes. —Le entregué la bolsa y me pagó.

Y con eso se fue. Sonreí para mis adentros. Había hablado con mi ídolo youtuber. Grité de emoción en mi mente.

Mi turno al fin terminó. Hoy había habido mucha gente, demasiada para mi gusto, había sido estresante. Llegué a casa, que estaba vacía, y me tumbé en la cama, agotada. Me quedé dormida solo veinte minutos después, pues el reloj marcaba las siete y veinte. La causa de que me despertara fue el timbre, alguien llamaba. Y no paraban, llamaron más de cinco veces hasta que grité:

—¡QUE YA VOY!

Me miré en el espejo, una costumbre que tenía, y bostecé. Abrí la puerta lentamente fijándome en los pies del visitante, y después mi mirada recorrió todo su cuerpo hasta llegar a su cara.

—¡LEMON!

—¡ROJIZA! —gritamos a la vez.

Reímos tras nuestra reacción.

—¿Me estás siguiendo? —Cambié la cara de repente, asustada.

—¿Pero qué dices? —dijo con el ceño fruncido—. Venía a buscar a Joan y a su esposa Clara, para ver si se unían a nuestra fiesta —sonrió—. Pero te encuentro a ti. ¿¡Los has matado!? —Se llevó las manos a la cara imitando el famoso cuadro de *El grito*. Reí—. ¡LO SABÍAAAAAAAAAA! Eres mala, muchachita, muh' mala —volvió a acusarme con el dedo y se lo cogí.

—Joan y Clara son mis padres. —Su expresión era de... ¿emoción?—. Y no.

Me miró confuso.

—¿No, qué?

—Que no los he matado —dije. Minuto de silencio—. Bueno, pues como ves... No están, así que... —Empecé a cerrar la puerta, pero su pie la bloqueó.

—¡Hey! ¿Qué coño haces? —preguntó. Parecía enfadado.

Soy idiota, definitivamente. Olé yo. Tenía allí, delante de mí, al chico que llevo idolatrando desde hace más de un año, y voy y le cierro la puerta. ¿En serio, Sénder? Era un sueño y, bueno, lo estaba arruinando. Y seguía llamándome de todo en mi mente.

—¿Sénder? —me llamó mi padre mientras subía por las escaleras—. Ah, hola, Liam, veo que ya conoces a Sénder. —Hablaban mientras yo seguía en la misma posición, con la puerta a medio cerrar y con su pie impidiéndolo.

—Sí, Joan. De hecho me la encontré en GAME. Y me extrañó, nunca había visto allí a una chica cobrando en la caja —me sonrió y escondí la cara detrás de la puerta para que no viera mi rubor.

Finalmente, decidí abrir la puerta totalmente, dejando que mis padres pasaran. Iban con las bolsas de la compra.

—¿Les ayudo? —preguntó Lemon.

—No, tranquilo —contestó mi madre—. Pasa, queremos invitarte a ti y a tu compañero a cenar, ¿qué decís?

—Que… ¡sí! —Y se fue corriendo. Supongo que a llamar a Miral.

—Espera… ¡Ah, Miral! —Oh, Dios, ¿los sueños existen de verdad? Pues al parecer, sí. Dos de mis ídolos cenarían en mi casa, MI casa.

En menos de un minuto, Miral y Lemon estaban en mi casa. Ayudaron a mis padres a preparar la mesa. ¿Y yo? Escondida en mi habitación, roja como un tomate y con los nervios de siempre. Mi timidez, a la que creía que había vencido un poco, volvió. Y el pánico también. Todas esas cosas que mis excompañeros me decían volvían a mi cabeza. Intenté no llorar y así lo hice. Suspiré fuerte y llamaron a mi cuarto. Yo estaba de espaldas a la puerta, así que no vi quién era.

—Rojiza. —Y otra vez, el corazón a mil—. Tu madre te llama.

Sin decir nada, salí de la habitación, dejando a Lemon allí, quieto. Y volví a insultarme mentalmente, seguramente se molestó. Más que una chica tímida, era una malcriada. Entré en la cocina, en la que solo estaba mi madre.

—¿Me llamabas? —Y ella me miró, enfadada—. ¿Qué?

—¿Por qué te comportas así? —Siguió cocinando.

—¿Así cómo? —No entendía.

—Pues escondiéndote a la habitación, y Liam me ha dicho que le ibas a cerrar la puerta.

Tragué saliva.

—Era un desconocido —le contesté.

—Mentira. —Me miró fijamente—. Es TU ídolo. Igual que el otro.

—Pero…

—Pareces una maleducada.

¡Plas! Puñalada en el corazón. Mi madre nunca, repito, NUNCA, me había llamado algo así. Reprimí las ganas de llorar.

—Ya sabes mi problema, mamá.

—Sí, lo sé. Pero si nos mudamos fue para que intentaras cambiar.

Bajé la cabeza.

—Así que ve allí con tu padre y los dos chicos, y habla animadamente.

Y lo hice, sin ganas. Me presenté en el comedor donde estaban viendo un programa de humor en la tele. Mi padre se giró y se sorprendió al verme.

—¡Sénder! Qué bien que estás aquí. —Le sonreí y los otros dos se giraron. Miral también me sonrió, pero Liam no, debía de estar aún molesto—. Ven, siéntate al lado de Liam.

Lemon me hizo un hueco y me senté a su lado, sin mirarlo. Mi madre tenía razón, era una maleducada, pero no podía cambiar. Mi móvil empezó a sonar y miré para ver quién era. Un nudo se formó en mi garganta. Dani. Me quedé mirando la pantalla sin saber qué hacer.

—¿Lo vah' a cogéh'? —preguntó Miral con su acento.

Lo miré por un momento y volví al móvil. Sí, lo cogí.

—¿Sí?

—¿¡EN SERIO, Sénder!? —Por accidente puse el altavoz y todos oyeron lo mismo que yo—. TE FUISTE A MADRID POR MÍ, ¿NO? ERES UNA COBARDE. ME DEJASTE Y NO QUERÍAS VERME, ES ESO, ¿NO? —Se le notaba lleno de ira—. ¿SABES QUÉ? ¡VETE A LA MIERDA!

—Tú… Tú no lo entiendes —dije por fin. Los tres me miraban.

—¿¡EL QUÉ NO ENTIENDO!? —Se calló—. ¡Sénder, VAMOS, DI ALGO! —Pero yo estaba mirando el teléfono sin saber qué decir—. Ahora entiendo lo que todos comentaban sobre ti —colgó.

Apreté fuertemente los ojos. Mucho, para no llorar. Estaba absorta en mis pensamientos recordando todos y cada uno de los insultos. Pero alguien tocó mi brazo.

—Sénder, no lo escuches. —Mi padre se levantó y se puso de rodillas delante de mí—. ¿Cuándo rompiste con él?

—Hace... Hace dos semanas —contesté con voz entrecortada—, pero le mentí. No sabía que me iba de Barcelona, no quería que supiera que me iba por... ¡ELLOS! —grité con rabia—. Pero ahora veo que ellos tenían razón. —Me levanté, acción que repitió mi padre después.

—No hagas tonterías, Sénder.

Y allí recordé a mis ídolos, las personas que, junto a Jenni y Dani, me ayudaron a no hacer nada peligroso con mi vida. Los miré y vi que ellos tenían la vista puesta en mí. Les sonreí y me fui al cuarto, cerrando con un portazo. Eché el pestillo para que nadie pudiese entrar. Me deslicé puerta abajo, quedando sentada en el suelo. Mis padres gritaban mi nombre y llamaban a la puerta, mientras yo estaba con mi cabeza refugiada en mis rodillas.

—¡¡¡¡¡Sénder!!!!! ¡¡ABRE!! —gritaba mi padre desesperado.

No merecía esto. Mi vida era una mierda y estaba sola, sin nadie que me comprendiera. Yo creía que al venir a Madrid podría cambiar, pero no. Mis ídolos estaban en mi casa, ¿y qué hacía? Esconderme como una cobarde, sin afrontar mi miedo. Me levanté y abrí la puerta. Mi expresión era seria, y la de mis padres, preocupada. ¿Cómo podían quererme si siempre les hacía sufrir con mi comportamiento? Avancé hacia el comedor sin dirigirles la palabra. Soy muy mala hija, pero estaba afectada y dolida.

Llegué y vi a Lemon y a Miral, mirándose sin saber qué decir. Pobres, han vivido un trágico «espectáculo». Me senté a la mesa, esperando la cena. A continuación, noté que mis padres entraron y también se sentaron, y después lo hicieron los invitados. No levantaba la vista de mi plato. Macarrones con salsa barbacoa, mis favoritos, pero no tenía hambre; aun así, hice un esfuerzo. Noté que todas las miradas se posaban en mí, pero lo ignoré. Pasé toda la comida sin decir nada.

—Y bien, ¿en qué trabajáis? —rompió el silencio mi madre.

—Estamos en UPlayer. —Liam sonrió.

—¿Oh' guhtaría ih'r a mové el ehqueleto? —preguntó Miral.

Todos me miraron.

—Me da igual —dije seca. ¡Qué borde era! Quería pegarme un bofetón de lo idiota que era. Mi madre me fulminó con la mirada.

—Perdón por nuestra hija, no se encuentra muy bien. —Mi padre los miró—. Pero iremos.

—Mmmm, pueh, muchachita, vigila. —Lemon y su acento cubano. Fruncí el ceño sin entender—. A las muchachas lindas se las llevan a la cama.

Me sonrojé. Lemon me había llamado «linda». Vale que mi estado de ánimo estuviera por los suelos, pero pude sonreír, provocando que él también lo hiciera.

—Gracias —susurré.

Y lo pensé. Mi primera noche de fiesta la pasaría con mis padres. Así que si me liaba con alguien, ellos lo verían. Vale que no tenían derecho a decirme nada, pero me daba vergüenza.

No sé cómo, pero ya estábamos en la discoteca. Mis padres bailaban en el centro de la pista. Suerte que no hacían el ridículo, ya que había otros adultos con ellos. Con adultos me refiero a los de más de cuarenta. A Lemon y Miral los había perdido de vista. ¿Y yo? Yo, como siempre, estaba sola, en la barra, tomando una copa de vodka con limón.

—Una señorita sola, ¿qué te pasa? —Levanté la mirada y miré al camarero—. ¿Has venido sola?

—No, sonará raro, pero estoy con mis padres. —Él intentó aguantarse la risa, pero no pudo.

—Lo siento —se disculpó—. ¿Por qué no vas a bailar?

—Porque no sé… —suspiré—. Si te digo la verdad, esta es la primera noche que salgo de fiesta. —Bajé la mirada avergonzada.

—Ahhh, no pasa nada. Siempre hay una primera vez, ¿no? —me sonrió. Me fijé bien en él: iba con traje, pelo castaño y ojos claros; por la luz del local no supe distinguir el color—. Venga, te pongo otra copa. Invita la casa y, para que no te sientas sola, me quedaré contigo. —Le sonreí.

Gracias a algunas copas, pude animarme a hablar. Le conté mis gustos y por qué nos habíamos mudado a Madrid.

—Todo lo hice para no sufrir —le dije tomando el último trago.

—¿Para no sufrir? —apoyó su cabeza en sus manos.

—*Yep,* en la escuela sufrí bullying. —Me miró con preocupación—. No te preocupes, ya estoy mejor —mentí.

—Me alegro, Sénder. Lo siento mucho, pero mi turno ha terminado y tengo que irme.

Lo miré triste.

—Toma, aquí tienes mi número, espero que me llames. —Me guiñó un ojo y se giró, para después volverse a mirarme—. Y recuerda que no eres solo una cara bonita.

—Gracias. —Le di un beso en la mejilla y se largó.

Seguí tomándome mi copa. El alcohol se me había subido a la cabeza, pero no estaba borracha, pues aún era consciente de todo. Mis padres estaban más pedo que nunca.

Miré mi reloj de pulsera. Las dos de la mañana. Me dirigí hacia ellos y los cogí por el brazo a ambos para llevarlos a un rincón donde no hubiese gente y la música no fuera tan fuerte.

—Nos vamos —hablé antes de que dijeran algo—. Y no rechistéis, estáis muy borrachos y mañana trabajáis.

No se opusieron y buscamos a Lemon, pero solo encontramos a Miral liándose con una chica altísima (más que él), rubia de bote y cuerpo de Barbie. Decidí interrumpirlos. No quería esperar más para llegar a casa, así que toqué el brazo de Miral. Ni se inmutó y lo aparté de la chica.

—¡MIRAL! —grité.

—¿¡Qué quiereh', coño!?

—Nos vamos.

—Aquí decido yo si noh' vamoh' o no. —Y tenía razón, vinimos en su coche. Se notaba que el alcohol se le había subido mucho.

—¿... Y Lemon?

—¿Liam? —Asentí—. Ehtá ahí, mírale —me lo señaló.

Así que me dirigí a él. Al contrario que Miral, no estaba tan pedo. Al ver que me acercaba a él, sonrió como un tonto. También él vino hacia mí y, no sé cómo, me cogió por la cintura, chocando nuestras frentes. Él se estaba acercando a gran velocidad a mi boca cuando...

Cuando desvió sus labios a mi oído.

—Rojiza, ¿por qué has sido tan borde en tu casa? En la tienda no eras así —susurró.

Me paralicé. No esperaba que me dijera eso.

—No te importa. Ahora dile a Miral que nos vamos —me giré, pero me cogió del brazo.

—Solo si me prometes una cosa... —Me miró serio, sin bromear. Tragué saliva y asentí—. Poder conocerte —terminó finalmente.

Me ruboricé. Agradecí a Dios que con la luz de la discoteca no podía notarse. ¿Esto es creíble? El hombre al que admiro me pide conocerme.

—De acuerdo, pero vámonos.

Y sobre las tres de la madrugada llegamos a casa y directamente nos fuimos a dormir. El despertador sonó a las diez. Me levanté con un gran dolor de cabeza, cosa que no comprendía. Tampoco había bebido tanto... Lo primero que hice fue tomarme una aspirina, y seguidamente me duché. Fue una ducha relajante y larga, para pensar en lo ocurrido durante estos días. Salí de allí con la toalla y decidí mi conjunto: pantalones de pitillo rojos con una camiseta de rayas y unas Converse blancas. Me dirigí a la cocina para preparar el desayuno de los tres, pero, como mis padres aún dormían, al final solo lo hice para mí: cereales y café. Terminé e hice algunas tareas de la casa, como lavar platos y fregar. Mi aburrimiento era extremo y, mientras limpiaba, cogí los auriculares para empezar a poner música dubstep y después pop. Mis gustos no combinaban nada entre ellos, pero así era yo. Sobre las doce y media, los perezosos de la casa se levantaron, igual que yo, con un maldito dolor de cabeza.

—Aquí tenéis las aspirinas. —Les dejé los vasos encima de la mesa.

—Gracias, cariño.

Hasta la hora de marcharme estuve con mi portátil mirando vídeos de mis vecinos y me preguntaba por qué tenía tanta suerte. El reloj marcaba las dos. Me despedí de mis padres y me fui a trabajar.

Las agotadoras horas de curro por fin terminaron. Llegué al portal y, mientras buscaba las llaves, bostecé del cansancio. Iba a meterlas en la cerradura, pero alguien fue más rápido y abrió la puerta desde dentro. Esa sonrisa apareció en su cara, haciéndome estremecer.

—Hola, Rojiza. Adelante. —Se echó a un lado para que pasara—. ¿Aún recuerdas la promesa de ayer? —preguntó pícaramente.

—Sí, Lemon, la recuerdo. —Mordí mi labio inferior y llamé al ascensor.

—Pues… mañana te vienes a cenar con Miral y conmigo. —Entré al ascensor y él se puso en medio de las puertas impidiendo su cierre.

—¿Sin padres?

—Sin padres, muchachita. —Dejó que las puertas se cerrasen—. Mañana te veo, Rojiza.

—Sí… —afirmé, pero no me escuchó, pues el ascensor se puso en marcha.

Sonreí. Mañana tendría una «no-cita» con mis ídolos. ¿Podría ir mejor la cosa? Creo que no.

El siguiente día pasó muy rápido, tanto que allí estaba yo, preparándome para ir a casa de mis vecinos. Opté por unos shorts rosas y una camiseta de tirantes de color negro, sencilla pero bonita. Me maquillé muy poco, solo sombra rosada y delineador. Me recogí el pelo en una coleta alta, con un pequeño lacito blanco. De calzado, algo cómodo, mis Converse de siempre, las blancas gastadas, mis favoritas. Salí de mi cuarto y me despedí de mis padres, que aún no sabían con quién había quedado, pero tampoco quería decírselo.

En medio minuto me encontraba delante de la puerta de su casa. Los nervios cada vez empezaban a ser más y por mi mente pasaban escenas desastrosas para arruinar una «no-cita»; eran pensamientos que no se podían controlar. Respiré hondo hasta que llamé al timbre dos veces.

—¿Quién es? —preguntó una voz masculina desde el otro lado de la puerta.

—Soy Sénder.

—No conozco a ninguna Sénder.

—Emmm, no, espera... Rojiza.

Tras decir eso, un Lemon sonriente me abrió la puerta.

—Creía que te arreglarías más. —Me hizo un repaso con la mirada frunciendo el ceño.

—¡Oye! —Le di un pequeño golpe en el brazo—. ¿No te gusta que vaya así?

—Mira cómo replicas —sonrió—. Anda, entra.

Pasé a su casa, que ya la conocía por sus vídeos. Era igual que la mía, pero decorada de otra forma. Él me guio, enseñándome todo su piso.

—Bueno, y por último, mi habitación. —Mientras abría la puerta lentamente, me miraba, y yo solo miraba sus manos. Cada vez iba más lento y me cansé de tanta tensión, así que la abrí yo entrando en su cuarto—. ¡Ehhh! —se quejó.

Entré y mi boca no pudo evitar hacer una «o». Era alucinante que mi ídolo fuera mi vecino... Aún creía que todo era un sueño del que no quería despertar.

—Aquí es donde ocurre toda la magia —dije contemplando toda esa sala con admiración. Cuando terminé el repaso, lo miré—. ¿Por qué te has sonrojado?

—¿Qué? —Estaba ruborizado y nervioso. ¡Qué mono!

—Nada, déjalo.

Hubo un silencio matador e incómodo.

—Creo que ya podemos cenar. —Se rascó la nuca y salimos para dirigirnos a la cocina.

Miral estaba con delantal preparando la comida, un poco desesperado.

—¡Mirá! —gritó Lemon abrazándole—. Mi mujé —imitó su acento.

Miral se giró hacia él y acercó su cara a la de su compañero, casi juntando sus labios, pero a pocos milímetros de rozarlos, Liam puso su mano. Rio. Eran igual que en sus vídeos.

—¿Y tú de qué te ríes, muchacha? —me miró desafiante Lemon.

—De vosotros. Sois demasiado iguales a cuando estáis delante de una cámara —solté una risita.

—Eso eh' pohqué' no noh' damoh' cuenta de que exihte' una cámara, chiquilla.

—¡Miral! ¡La comida! —le grité viendo que se le quemaba.

Él se pegó un susto tras oír mi grito, pero después se puso nervioso al ver que no podía recuperar la comida, pues estaba demasiado quemada. Cuando dejó eso que estaba cocinando en un plato, Lemon y yo suspiramos.

—Miral, Miral, Miral… —Le dio unos golpecitos en el hombro—. ¿Y ahora?

—Yo puedo cocinar algo, aunque no sea una experta —me ofrecí.

Ahora que lo pienso, ¿desde cuándo hablaba así, con tanta confianza? Bah, mejor. A los dos se les iluminaron los ojos y asintieron. Me dejaron a los fogones, y prepararon la mesa. Me puse el delantal que Miral me prestó y miré la nevera. Para mi especialidad había los ingredientes necesarios: arroz, zanahoria, guisantes, huevos, jamón york y aceite. Perfecto. Empecé a prepararlo. Terminé en solo quince minutos: el arroz tres delicias estaba listo. Empecé a repartir la comida en cantidades iguales; solo habría un plato, ya que Miral se había cargado la carne. Cogí los platos como una camarera, para así hacer solo un viaje. Llegué al comedor y me los encontré sentados en el sofá viendo un programa de esos de prensa rosa. Reí y se percataron de mi presencia. Se levantaron apresuradamente para ayudarme. Al terminar de colocar las cosas, nos sentamos y empezamos a comer.

—Aw, ehtá muh' bueno —dijo Miral sin dejar de comer.

—Gracias, pero no tiene ningún secreto —me ruboricé.

—Pero sigue estando bueno. —Lemon sonrió y me sonrojé más.

Terminamos y los chicos se ofrecieron a lavar los platos. Yo me senté en el sofá y miré mi móvil. Tres llamadas perdidas de Jenni y un mensaje de mi madre preguntando cómo iba mi «nocita». ¿Por qué me llamaba Jenni? Habíamos hablado esta mañana. No le di importancia ya que los chicos llegaron y distrajeron mis pensamientos.

—Bueno, me ha encantado, pero creo que será mejor… —me levanté mientras hablaba.

—Que nos conozcamos más —terminó la frase Liam—. Mira, ven, sentémonos.

Mis nervios aumentaban. ¿Por qué se empeñaba tanto en ayudarme?

Los dos se sentaron, uno a cada lado. Aproveché a deshacerme la coleta, ya que me estaba tirando del pelo demasiado, así que dejé que mi cabellera pelirroja se deslizara por mi cara. Miral estaba a mi izquierda y Lemon al lado opuesto. Mi mirada solo se centraba en mis piernas, que se movían al compás del «tic-tac» del reloj de pared. Notaba sus miradas clavadas en mí, pero no decían nada, supongo que esperaban que yo empezara la conversación, y así lo hice.

—¿Qué queréis saber? —dije con nervios, sin parar de mirar mis piernas.

Los dos sonrieron y yo no sabía por qué lo hacían.

—¿Por qué te comportaste tan mal en tu casa? —soltó Liam.

Apreté mi mano, hasta que los nudillos se tornaron blancos. Esa pregunta no me la esperaba. Cerré los ojos y bajé un poco la cabeza, haciendo que el pelo me tapara la cara, impidiendo que ellos me la vieran.

—No… No puedo soltarlo así como así, es algo muy personal.

Noté que me acariciaban el hombro izquierdo: era Miral.

—No te preocupeh', lo entendemoh' —comprendió el del acento peculiar.

Por mi lado derecho, me apartaron el cabello, y pusieron un mechón detrás de mi oreja.

—¿Te ha molestado? —preguntó Lemon con preocupación.

Negué con la cabeza.

—Siguiente pregunta, por favor. —Me incorporé.

Liam iba a hablar, pero fue interrumpido por Miral.

—¡Eh! Ahora me toca a mí —exclamó—. ¿Qué música te guhta?

—Mmm... Mis gustos son especiales.

Los dos se acercaron un poco más a mí, para intentar comprenderme. Fruncieron el ceño.

—Quiero decir, que me encanta el dubstep y a la vez el pop.

Se miraron entre ellos y fijaron su mirada en mí, como antes.

—¿Y qué grupoh' o cantanteh' te guhtan?

—Me gustan Skrillex y Pinch como dubstep y pop... —me sonrojé.

Querían que continuara la frase, pero me daba demasiada vergüenza decir: «One Direction», pensarían que era una niñata...

—Anda, dilo, ¡muchacha! No mamen más —gritó Lemon.

Empecé a reír y paré de golpe. Odiaba mi risa.

—Vamoh' —me animó Miral.

—One Direction —susurré, pero no lo escucharon ya que exclamaron: «¿Qué?»—, One Direction —volví a decir un poco más fuerte, pero seguían sin oírlo—. ONE DIRECTION —grité ruborizada.

Abrieron los ojos como platos. ¿Tan raro era? En ese momento quería que la tierra me tragase. Me daba mucha vergüenza decir que me gustaba la *boy band* del momento. No sé ni por qué lo he dicho, nadie lo sabe, solo mis padres y Jenni, ya que ella también es *directioner*.

—¿Por qué os calláis? —pregunté con las mejillas encendidas.

—¿En serio te gustan esas «niñas»...?

—¡Lemon! —le interrumpió Miral—. Si le guhtan eh' su problema. A ver, ¿ereh fan o...? ¿Cómo se dise'? ¿Dire...?

—*Directioner*. Sí, lo soy —dije seria.

Me molestó un poco que Lemon los llamara «niñas». No toleraba que insultasen a mis ídolos, incluso si el que lo hacía era uno de ellos. Mi ídolo insultando a mis ídolos. Queda muuuuuuy extraño decir eso.

—Sí, son sus gustos, lo sé, le gustan esas «niñitas», pero... —se burlaba el irlandés. No me gustaba cómo estaba hablando de ellos y empezaba a cabrearme.

—¡PERO NADA! —Me levanté y lo miré—. Creo que deberías tener respeto por mis gustos y no reírte tanto. ¿Por qué «niñitas»? ¿Acaso sabes cómo son realmente? No, pues te callas. Igual que otros artistas, en tus vídeos te burlas de ellos, y a mí me duele porque mi ídolo está insultando a mis otros ídolos. ¡ESTOY HARTA! Tienes *limonas* que también son *directioner*s o *beliebers*, como YO. Y que además son chicas, o sea que córtate un poco y no uses «niña» como un insulto. —Dicho esto, les di la espalda—. Me voy. Gracias por invitarme.

Me dirigí a la puerta y escuché que gritaban mi nombre, pero me daba igual. Cerré de un portazo y me fui a mi casa, entré saludando a mis padres y me fui a encerrarme en mi cuarto para pensar en lo ocurrido: grité a mi youtuber favorito por insultar a mi grupo preferido. Vale, parece que «enfadarse por esto es muy infantil», pero tanto One Direction como Lemon y Miral me han ayudado a seguir adelante con mi vida, mi complicada vida, y a no hacer tonterías, por eso me afecta tanto y me duele. Espero que no me juzguen por esto y que no me vean como una inmadura de 12 años…

LIAM

—¿Qué coño le pasa a esa? Solo quería bromear un poco y se me pone así… Quería conocerla porque en un primer momento me atrajo un poco, pero lo que ha hecho no me ha gustado nada. ¿De qué va?

—Vamoh', tío, tampoco te enfades con ella… Tiene 18 añitoh' y eh' normá que le afecte…

—No es normal, Miral, no lo es. La invité a casa para conocerla y porque sé que tiene problemas, por la reacción del otro día, pero si empieza a gritarme así, que le den. —Cruzó los brazos incorporándose en el sofá.

—Dióh', ahora el crío pareces tú. No sabeh' lo que ha sufrido o lo que le pasa, y eh' cierto que los-áh' insultado mucho en tuh vídeoh'.

—¡Oh! O sea, su numerito de ahora ha sido lo más normal del mundo —ironizó.

Miral suspiró.

—No he dicho eso… Digo que la entiendah'. —Se encogió de hombros y se fue.

«¿Tendría razón?», pensó Lemon.

SÉNDER

Después de lo ocurrido en casa de mis vecinos y de reflexionar un rato, me dormí. El despertador sonó a las diez de la mañana, como cada día. Hice la rutina de siempre hasta la hora de trabajar. El tiempo pasaba muy lentamente, demasiado para mi gusto. En mi cabeza solo estaba la conversación de ayer, y no me la podía sacar de ninguna manera.

—Y mi abuela se rejuveneció y se lo montó con un trío de adolescentes —dijo Nacho.

Reaccioné.

—¿¡Qué!? —grité.

—¿Lo ves? Hoy estás en tu mundo.

—Lo siento —respondí avergonzada.

Estábamos en el descanso, y Nacho y yo estábamos hablando sobre pandas, no preguntéis por qué, imaginaos a los ositos Haribo y después a nosotros hablando de todo tipo de osos. Él hablaba, pero yo volvía a pensar en Miral y Lemon, y al final no le escuchaba.

—Venga, volvamos a trabajar.

Asentí y estuve allí durante tres horas más, nada interesante, algunos chicos me tiraban la caña o me halagaban, pero nada más. Hasta que ÉL llegó.

—Solo esto. —Me entregó un juego de segunda mano.

Se lo cobré sin decir nada, bueno, aparte del precio, claro está. Le entregué la bolsa y la cogió mientras yo aún la sujetaba. Nos quedamos así durante varios segundos. Al final, la solté y agachó la cabeza, impidiendo verle la cara por su gorra de *Creeper*.

—Oye, Sénder, lo siento… Por lo de ayer. —Se rascó la nuca.

¡Ah! Esto no me lo esperaba. Lemon se disculpó en serio. Ahora era yo la que quedaba como una tonta. No dije nada y se giró para dirigirse a la puerta y salir. A pocos metros de esta, salí de la caja y fui corriendo para cogerle el brazo. Tras mi reacción, él me miró sorprendido.

—No, lo siento yo por montar ese numerito.

Sonrió. Oh, no, esa perfecta sonrisa que volvía loca a cualquiera.

—No te preocupes, muchacha. —Me revolvió el pelo—. Ven esta noche sobre las diez a casa.

—¿Por? —pregunté frunciendo el ceño.

—Porque yo quiero —sonrió pícaramente—. ¿Aceptas, Rojiza?

Hice ver que me lo pensaba, pero la respuesta era obvia: sí.

—Mmmm… Claro. Allí estaré —le devolví la sonrisa.

—Bueno, pues hasta esta noche. —Se estaba yendo—. ¡Ah! Ven un poco más formal que ayer. Miral quiere verte con vestido —rio a coro conmigo.

Y se fue. Suspiré mirando hacia la puerta, recordando lo que acababa de pasar. ¿Esto lo podría considerar cita, o era otra «no-cita»? «Bueno, esta noche lo veré», pensé.

—¡Vamos, Sénder, dinos con quién vas! —repetía mi madre, mientras que mi padre se limitaba a mirarme profundamente, como si quisiera leer mis pensamientos.

—Con dos amigas, ¡ya os lo he dicho y no me creéis! —exclamé por cuarta vez.

—Pero es que nos extraña que vayas con amigas así, tan bien vestida… ¿Y cómo las has conocido? ¿Cómo os habéis hecho tan amigas? ¿Por qué te vistes así? ¿A dónde vais?

—Oh, oh, oh. Esas son demasiadas preguntas que no responderé.

Sonó el reloj indicando que ya eran las diez.

—Por vuestra culpa llegaré tarde —dije cogiendo una chaqueta fina—. Hasta luego. Os quiero. —Y salí.

Esperé un poco, sabía que mis padres me seguirían. Y, en efecto, unos segundos después salieron por la puerta con trajes negros.

—¿Dónde vais? —pregunté. Se asustaron, pues no habían notado mi presencia.

—Ah… Tu padre me ha invitado a un restaurante, ¿verdad, cariño? —forzó una sonrisa.

—¿Que yo qué? —Mi madre le dio un golpe—. Ahhh, sí, eso, es verdad. ¿Nos vamos? —Mi padre le tendió el brazo y ella lo agarró firmemente.

Suspiré. Sabía que me esperarían abajo y no podía permitirlo ya que, como no bajara, empezarían a tener sospechas.

—Por favor, no me espiéis. Si mis amigas os ven, pensarán cosas raras de mí, y sobre todo de vosotros. Quedaos.

Se miraron entre ellos y después fijaron la vista en mí. Después de decir un «lo siento», entraron en casa. ¡Bien! Ahora ya no correría peligro de que me pillaran. Llamé al ascensor y bajé una planta.

MIRAL

—¡Mirá! ¡Mirááááá!

—¿Qué coño quiereh', Lemon? —le pregunté poniéndome bien la corbata.

Mi amigo apareció en mi habitación en un momento.

—¿Voy bien? —Alzó sus brazos hasta quedar en forma de cruz.

Lo miré detenidamente. Llevaba una camisa blanca de manga corta, con unos pantalones oscuros. Su pelo estaba normal, o sea, sin gomina ni laca. Le di el visto bueno.

—No sé por qué te arreglah' tanto, Lemon. Si solo vamoh' a…

—Shh, Miral. ¿Has oído eso? —Se agachó un poco y fingió estar asustado, mirando por todos los sitios del cuarto.

Le seguí el rollo.

—¡Son extraterrehteh', Liam! Noh' van a succionáh' la cabeza. Ahhhh. —Corrí por mi habitación con las manos alzadas.

Volvimos a oír ese ruido.

—Miral, no quiero morir. —Me abrazó y fingimos que estábamos llorando.

Volvió a sonar. Lemon se levantó y se arregló la camisa un poco arrugada.

—Más vale no hacéh esperáh' a la invitada —le dije.

SÉNDER

Había dado tres timbrazos y nadie respondía. ¿No estarían? ¿Tan tarde llegaba? ¿Se habrían olvidado? Esas preguntas empezaron a repetirse en mi cabeza desde la primera vez que llamé. Iba a tocar el timbre otra vez, pero Miral me abrió. Llevaba una camisa azul, con una corbata negra corta y pantalones oscuros. Zapatos... Iba aún con zapatillas. Reí para mis adentros.

—Sénder, vieneh' preciosa. —Le sonreí—. Pasa.

Y así lo hice. Buscaba con la mirada a Lemon, pero no lo encontraba.

LIAM

Estaba encerrado en el baño desde que Miral fue a abrir la puerta, decidiendo si llevar el pelo como siempre, o a lo natural. Decidí la segunda opción, era más formal para el lugar al que iríamos. Después de mirarme cuatro veces en el espejo, salí. Y allí estaba Sénder. Con un vestido negro de encaje que dejaba intuir todas sus curvas. Se podría decir que no era ni muy delgada ni muy rellenita. Se notaba que había hecho ejercicio para adelgazar, pero a mí me parecía que ese vestido le quedaba perfecto. Sus tacones rojos de cinco centímetros, más o menos, le hacían unas piernas perfectas, mientras que el lacito (rojo también) en el pelo, la hacía adorable con ese punto infantil. Llevaba un minibolso cogido de la mano. Se percató de mi presencia, ya que me estaba mirando atentamente.

—Lemon, llamando a Tierra —reaccionó Miral—. ¡Te háh' quedao' empanao' con ella!

La miré y se sonrojó.

—Lo siento —dije mientras cogía las llaves de la entrada—. ¿Nos vamos?

Los dos asintieron. Primero salió Miral, seguidamente Sénder, pero la cogí del brazo y le susurré al oído:

—Estás hermosa.

Me miró y se rio.

—Tú tampoco te quedas atrás —me guiñó un ojo.

Estuve anonadado tras su gesto unos segundos, pero al final cerré la puerta y salimos los tres.

SÉNDER

—No me vais a decir dónde vamos, ¿no?

Los dos rieron, mientras me dejaban con la intriga. Ya llevábamos un cuarto de hora en el coche, Miral conducía y Lemon iba de copiloto. Yo me limitaba a contemplar Madrid de noche, me tenía cautivada: las luces iluminaban toda la ciudad y era precioso... No sé cuántos minutos estuve así, pero, de un momento a otro, Miral aparcó. Salimos los tres y delante de nosotros había un gran edificio, con un guarda de seguridad en la entrada. Mis acompañantes le enseñaron no sé qué a ese hombre y entramos sin problemas.

—¿Qué es esto? —pregunté tras ver el cartel en el que ponía «comisión de gamers».

—¿No lo véh'? ¡Todoh' somoh' gamers! —Fulminé a Miral con la mirada.

—Vale, pero yo no soy gamer, prácticamente ni juego a videojuegos.

Los dos se miraron.

—¿¡QUÉ!? —exclamaron al unísono.

—¡Lemon! ¡Me dijiste que lo era! —le replicaba el marvao'.

—¡Yo te dije que trabajaba en GAME! —se defendía el otro—. ¿O no trabajas en GAME? —Me miró, y yo asentí—. ¿Trabajas en una tienda llena de videojuegos y no juegas con ellos? ¿Entonces por qué trabajas allí? —me preguntó desafiante.

—¡Oye! Eso no tiene nada que ver, trabajo allí porque necesito el dinero y ya está.

—¡Pues búscate otro trabajo!

Esto tenía pinta de otra discusión.

—Tú no puedes mandarme que me busque otro trabajo... —Bajé la cabeza.

¿Por qué se tomaba tan a pecho que trabajara allí sin tener ni idea de videojuegos? ¿Tan extraño era? Es un trabajo como cualquier otro, ¿no?

—Perdona a Lemon, a vece'h habla sin pensáh.

«Pero lo piensa», me dije.

—No te preocupes —hice una mueca en un intento de sonreír.

—¿Entonces qué? Si no eres gamer, no pintas nada —dijo Liam mirando a todos los invitados—. A no ser que finjas serlo. —Se le iluminó la mirada.

—O puedo irme —dije cortante cruzándome de brazos.

Los dos negaron con la cabeza.

—No queremoh' que te vayah' —se sinceró Miral.

Mis mejillas se tornaron de un color rojizo tras su confesión.

—Vale, fingiré ser gamer. Supongo que alguna chica habrá... —Intenté buscar entre la multitud.

—Laura —dijeron a la vez, como antes.

Y apareció una chica de repente.

—¿Me llamabais? —preguntó la chica.

Los dos abrieron los ojos como platos.

—¡Tetitas de azúcar! —Lemon se alegró.

Yo sabía quién era esa chica, Laura, de UPlayer, la que se fue y se enfadó con mis dos acompañantes. Lucía su cabellera oscura lisa y una cinta que le sujetaba el pelo, de color morado, igual que su vestido largo y sus tacones de vértigo.

—Anda, ¿y esta? —Me repasó con la mirada y no pude evitar el sonrojo.

—Soy Sénder.

—Vale —dijo Mrs. Borde—. ¿Queréis tomar algo, chicos? —les dijo a ellos.

Me di cuenta de que Laura no me quería en su radio de 100 metros y me sentí… ¿triste? No, me sentí mal. Estaba consiguiendo que la gente me aceptara y ella, sin conocerme, ya empezaba a excluirme. Me sentía como en Barcelona, sola. Ya que esos tres estaban hablando animadamente, giré sobre mis talones y me dirigí al puesto de comida y bebida. Empecé a picar de lo que había y me fijé en algo en particular: ¡PAN DE PIPAS! No pude evitar sonreír al recordar a Lemon. Un momento después, la canción que sonaba era perfecta, simplemente eso, perfecta.

—*Oh, I just wanna take you anywhere that you like, we could go out any day any night, baby I'll take you there take you there, baby, I'll take you there, yeah* —cantaba Zayn.

Estaba sonando *Kiss you*, invadiendo mis oídos. Así que dejé la timidez a un lado y empecé a cantarla a pleno pulmón. La gente me miraba mal, pero en ese momento me daba igual, aunque me arrepentiría después. Hice pequeños movimientos de baile para que no se notaran mucho. Estaba feliz, escuchándoles su melodiosa voz. ¿Por qué siempre me ayudaban a sonreír? La canción terminó y suspiré de felicidad. Notaba muchas miradas clavadas en mí, pero pasé y seguí comiéndome el pan de pipas. De repente, alguien me cogió del brazo.

—¿Qué haces? —Me solté.

—Rojiza, hemos dicho que finjas ser gamer, y con eso nos referíamos a ser discreta, ¡joder! Ahora todo el mundo querrá hablar contigo…

—¿En serio? —Mi emoción se notaba.

¿Desde cuándo la gente querría hablar conmigo? Hacía ya tantos años que ni me acordaba de lo que era eso. Estaba cambiando y para mejor. Algo en mi interior se despertaba y era el hecho de querer hacer cosas distintas.

—Sí, ¿por qué te alegras, muchacha? —Frunció el ceño sin entender.

—Nada. —Empecé a dar saltitos de alegría.

Y, sin siquiera pedirlo, se volvió a oír a One Direction. Miré a Lemon demasiado emocionada y él no me entendió. No sabía que eran ellos, ya que la canción era *C'mon, C'mon*, una no muy conocida si no eres fan.

—*The one that I came with, she had go, but you look amazing, standing alone…* —empezaba Zayn como antes.

Solté un grito de alegría y Lemon seguía sin comprender. Empecé a cantar y a bailar.

—*Yeah, I've been watching you all night. There's something in your eyes saying c'mon c'mon and dance with me baby. Yeah, the music is so loud, I wanna be yours now. So c'mon c'mon and dance with me baby* —cantaba.

Me volvía loca, era feliz. Liam se reía de mí por el bailecito. ¿Vergüenza? Sí, mucha, pero sabía que tenía que afrontarla para ser más abierta con la gente. La canción terminó, por desgracia.

—¡Oh, Dios! ¡Aquí debe haber un o una *directioner*! —exclamé.

Liam dejó de reír.

—¿Eso era...? —Le tapé la boca, sabía que iba a insultarlos.

—Sí, y como digas algo malo, me iré —le amenacé.

Se rascó la cabeza.

—He de reconocer que la canción no estaba tan mal...

¿Había oído bien? Sin pensarlo, lo abracé.

—¿Y eso, muchachita? —me preguntó sorprendido.

—No lo sé, simplemente has dicho algo que me ha gustado. —Me separé de él—. ¿Por qué no estás con Laura y Miral?

—Uhtéh ehtaba hasiendo demahiado numerito —imitó el acento de Miral señalándome con el dedo índice.

La sangre se acumulaba en mis mejillas.

—Lo siento. —Y allí estaba, la vergüenza otra vez.

—¿Vamos? —Me ofreció su mano.

—¿Dónde? —pregunté.

—Con Miral y Laura.

Negué con la cabeza. Sabía que si me presentaba allí, Laura me trataría mal. Sé que no la conocía mucho, pero lo que me había hecho antes me había molestado.

—¿Por qué no quieres ir?

«Sénder, una excusa, rápido». Y se me ocurrió lo peor. Cogí a un chico de pelo negro y barba que pasaba por allí de casualidad.

—Porque este chico me ha invitado a algo, ¿verdad? —Le guiñé el ojo para que me siguiera la corriente.

—Exacto, Lemon —dijo con acento malagueño.

Liam se encogió de hombros y se fue. Suspiré aliviada y miré al chico. Ojos oscuros, pelo rizado negro igual que la barba y altura media.

—Gracias por cubrirme, Lino. —Se quedó perplejo.

—¿Me conoceh'?

—Claro, eres el primo de Miral y veo tus vídeos, ¿cómo no iba a conocerte? —sonreí—. Ahora, me voy a...

—No, vamoh' a haséh' que Lemon se crea la excusa que le hah' dado. —Me cogió del brazo y me arrastró hasta la barra—. Michael, una copa pah' la señorita. —El camarero asintió—. Cantah' muy bien —me sonrió.

Mierda, ¿tanto se me había oído cantar?

—Gracias, supongo. —Otra vez, roja como un tomate.

Él rio a carcajadas hasta que el camarero llegó.

—Aquí tienes, Lino. —Este le dio el dinero y me entregó la copa.

—No hacía falta, pero muchas gracias. —Le mostré una sonrisa y me la devolvió.

Nos sentamos cerca de la barra y le di pequeños sorbos a esa bebida.

—Tu conoceh' mi nombre, pero yo el tuyo no… —hizo un puchero.

—Sénder, Sénder Capdevila.

—Un guhto. —Nos dimos las manos—. ¿Cuántoh' añoh' tienes?

—Pues hace unas semanas cumplí los 18. —Volví a beber.

—Guaau, parecéh' mayor. No ereh' de aquí, ¿verdáh?

—*Nop,* soy de Barcelona, pero me mudé a Madrid hace dos semanas.

Y así fuimos hablando animadamente, sin importar los demás. No estábamos borrachos, pero notábamos que el alcohol se nos había subido un poco.

—Claaaaaaaaaro, los peceh' vuelan y tú ereh' gamer. —Dejé de reír de golpe por lo que había dicho.

¿Cómo se había dado cuenta? Ay, Dios, como se chive me echan del local…

—¿Qué?

—Oh, vamoh', te he ido disiendo cosah' de videojuegoh' y no reaccionabah' —reía fuerte—. Pero no te preocupeh', no diré nada. Me caeh' bien —sonrió y yo me quedé embobada mirándolo—. ¿Qué pasa? ¿Tengo algo en la cara? —Se tocó las mejillas.

—No, hacía mucho tiempo que alguien no me decía que le caía bien —sonreí sincera—. Más bien, soy feliz porque me hables, antes la gente no se acercaba a mí... —Miré el vaso.

—¿Por?

Encogí los hombros.

—No lo sé, me tenían repelencia, supongo —suspiré—. Y, de paso, me insultaban, me criticaban... —Lino me tocó el brazo—. Tranquilo, lo estoy superando desde que llegué aquí —le sonreí.

—¿Te hasían bullying? —Asentí—. Ven. —Me abrazó por sorpresa.

Eso, eso era lo que necesitaba. Un abrazo de comprensión. Mis lágrimas empezaron a salir sin pedir permiso. Nadie me había abrazado en mis peores momentos, ni Jenni, ni Dani, ni mis padres, solo me decían: «Todo estará bien». Le correspondí con otro abrazo y me acarició el pelo. Al separarnos, me sequé las lágrimas.

—Gracias, Lino, lo necesitaba de veras. —Le agradecí sonriente—. Por favor, no digas nada a nadie, te lo ruego.

—Seré una tumba si uhté quiere. —Puso su mano en el corazón y reí.

Lino me había caído demasiado bien y, en pocas horas, había conocido mucho sobre mí.

—Lo siento, Sénder, pero debo ihme. —Me abrazó—. Toma, mi número. —Me dio un papelito—. ¡Noh vemoh!

—¡Adiós!

Y me dejó sola. Terminé lo que me quedaba en la copa y me dirigí al baño para retocarme el maquillaje, pues con las lágrimas se habría corrido un poco. Y así era, me miré en el espejo y me arreglé lo mejor que pude. De repente, entró alguien que no quería ver: Laura. Al verme, hizo un intento de sonrisa muy forzada, cosa que le devolví. Se puso a mi lado a retocarse también.

—Conque Lino, ¿eh? —dijo mientras se pintaba los labios.

—¿Qué? —pregunté frunciendo el ceño.

—Oh, vamos... —Paró de pintarse y me miró por el reflejo del espejo—. Os he visto juntos. Y le iría bien una chica como tú. —Volvió a pintarse.

—¿Como yo? —volví a preguntar sin comprender.

—¡Ajá! —Pasó a pintarse la raya—. Rarita, digamos.

¿De qué iba esta? Cogí mis cosas con rabia y salí del baño. ¿Rarita? ¿Soy rarita? Ahora sí que estaba cogiendo odio a Laura. Volví a la barra arrollando a algunas personas, pero sin disculparme; estaba demasiado absorta en mis pensamientos. Finalmente me senté, puse mis codos en la barra y apoyé la cabeza sobre mis manos.

—¿Y esa cara? —preguntó un desconocido salido de la nada. Creía que hablaba con otra persona, pero pasó sus manos por mi cara—. Te estoy hablando. —Le miré y sonrió. Era Álex.

—Ah... ah... ah, yo... Nada, una llamada me ha hecho enfadar. —Forcé una sonrisa.

—¿Del novio? —Me miró pícaramente.

—No —reímos—. Mis padres.

Alguien me dio un golpe en el hombro accidentalmente, o eso creía hasta que vi a Laura.

—¿Y ahora Álex? Buf, qué putilla. —Y se fue riendo.

«¿Ya volvíamos a empezar?».

—¿A cuántos tíos te quieres tirar, Sénder? ¡Has estado con cuatro! —se burlaba Sandra, la más popular de la clase, mientras sus perritas falderas se reían.

Primero de la ESO. El horror empezaba, Sandra siempre me hacía la vida imposible e inventaba rumores sobre mí y la gente se los creía.

—Solo he hablado con ellos... —me defendí.

La gente creía en esas falsas acusaciones, y me dejaba de lado. Y allí empezó la pesadilla, todos me criticaban. Los primeros dos años de colegio lo pasé muy mal, pero Dani y Jenni llegaron, y vi el mundo con más claridad.

—¿Estás bien? —Álex me despertó de mis pensamientos.

—¿Eh? Sí, sí, no te preocupes.

—Oye, no le hagas caso, así es Laura, ¿vale? —me sonrió.

—Gracias, pero debo irme...

Me levanté dejándolo desconcertado. Me sabía mal irme así, sin despedirme, pero me sentía mal... Busqué a Lemon o a Miral, y no les encontré en ningún sitio. Decidí llamarlos, pero tampoco contestaban, supuse que era por la música, pues estaba a tope. No podía volver a casa sin ellos... Así que salí a la calle para ver si algún taxi se acercaba, pero no. Recurrí a mi última opción: mis padres.

—¿Sénder?

—Papá, por favor, ven a buscarme —le dije estresada.

—¿Sénder, ha pasado algo?

—No, pero, por favor, ven pronto. —Le di la dirección.

En unos veinte minutos, el coche de mis padres se encontraba delante de la entrada. Subí saludándolos.

—Hija, ¿estás bien? —preguntó mi madre besándome en la frente.

—Sí, solo que la música me ha estresado y mis amigas se han ido. Quería pedir un taxi pero no pasaba ninguno. —Mentí, y se lo tragaron.

Me sentía mal por mentirles, pero no les iba a decir: «He venido con los vecinos y me han dejado sola, una chica muy idiota me ha insinuado que era una puta y me he ido». Hombre, pues no. Llegamos a casa y me encerré en mi cuarto. Me desmaquillé en mi baño y, con solo tirarme en la cama, conseguí un sueño profundo.

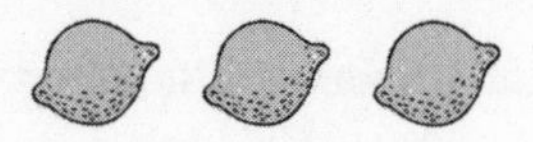

Sábado. Ese día no tenía que trabajar, cosa que agradecí. Me levanté perezosamente y me preparé un café. En casa no había nadie porque mis padres trabajaban todos los sábados. Miré el reloj: las doce del mediodía. Me quité el pijama y opté por una camiseta a rayas y pantalones largos de color azul eléctrico.

La mañana pasaba lentamente y decidí llamar a Lino.

—¿Quién eh'? —preguntó con su acento.

—Soy Sénder —reí.

—Ahhh, ¡Sénder! ¿Qué queríah'?

—Pues me estoy aburriendo mucho y me preguntaba si…

—¡Oh, claro! Dime donde viveh' y te paso a buscáh —me interrumpió.

—En el mismo bloque que Miral y Lemon, pero un piso más arriba.

—¡Guaaau, perfecto, ahora voy!

Colgamos y me maquillé un poco. En unos minutos, sonó el timbre. Lino venía muy pronto…

—¡Voooooy! —grité, dirigiéndome a la puerta—. Lino, vienes muy… —y me callé.

No era Lino.

—¿¡Qué haces tú aquí!?

—He venido a buscarte, Sénder.

¿Qué coño quería él ahora?

—¡VETE! —le grité—. Dani, no quiero verte, ¿no lo entiendes?

—Sénder, eres tú la que no lo entiende. Me dejaste K.O. cuando terminaste conmigo y te fuiste.

Las lágrimas amenazaban con salir. Me había olvidado de Dani, había asumido que nunca nos volveríamos a ver y, ahora, estaba delante de mí.

—Hace meses que no nos vemos, ¿cómo puedes decidir que ya no te gusto? —Se acercó peligrosamente a mí—. Yo sigo sintiendo mariposas al recordarte, ¿cómo es posible que tú no?

—Cambié de vida, Dani. —Lo aparté—. Ahora, vete, por favor.

Rio sarcástico.

—¿Crees que he venido desde Barcelona solo para que me eches? —Volvió a acercarse a mí, rozando su nariz con la mía.

Cada vez estaba más nerviosa y con los ojos cristalinos. Él me miraba atento.

—Estoy esperando a alguien, Dani… —le solté, y se apartó dándome la espalda.

—¿Un nuevo novio? ¿Es eso? —preguntó sin girarse.

—No, solo un buen amigo —dije seria. Alguien subía por la escalera—. ¡Lino! —Fui corriendo a abrazarlo y se quedó perplejo—. ¡Qué bien que ya estés aquí!

—¿Él? —Dani empezó a reír—. ¿En serio, Sénder? Me cambiaste por… ¿eso? —se reía a carcajadas.

¿Desde cuándo tenía tan poco respeto por las personas? Ese no era el Dani del que me enamoré, ni mucho menos. Portugal lo había cambiado, nunca antes había faltado el respeto a alguien. ¿Cómo pudo decirle «eso» a Lino, si es la persona más adorable del mundo?

—Vete, Dani —dije desafiante—. Ya ni te reconozco.

—No pienso irme, tú sigues y seguirás siendo mía.

—¿Cómo? ¿Sénder, dehde cuando tieneh' novio? —preguntó Lino.

—No lo tengo, corté con él cuando me vine aquí.

Noté como unos brazos me abrazaban por detrás. ¿Por qué me pasa esto a mí? ¿Por qué soy un imán para los problemas?

—¡QUE ME DEJES EN PAZ! —grité con todas mis fuerzas. Cerré la puerta, no sin antes coger las llaves, agarré la mano de Lino y bajamos las escaleras corriendo—. ¡NO QUIERO VOLVERTE A VER NUNCA! —volví a gritar en el piso de Lemon.

Y, gracias al grito, este salió, con cara de sueño.

—¿Qué coño pasa que no me dejáis dormir? —Se frotó los ojos.

«Adorable, parece un niño pequeño», pensé.

—¿Rojiza? —Abrió los ojos como platos al verme correr con Lino detrás.

Me paré en seco haciendo que Lino se chocara conmigo, pero oí unos pasos detrás de nosotros. ¡Mierda!

—¡Qué me dejes en paz, Dani! —Intenté empezar a correr, pero Liam me detuvo, dejando que Dani nos atrapara—. ¡Lemon! —Lo fulminé con la mirada y él me regaló una sonrisa.

—Sénder... —Dani estaba recuperando el aliento—. Podríamos tener una relación a distancia... —Su voz parecía triste.

Tragué saliva. La verdad es que yo aún tenía sentimientos por él, porque no se puede olvidar a una persona así como así, ¿no?

Y, aun así, me había asustado tanto que apareciera en mi casa para gritarme que sabía que nunca podría volver con él.

—Dani... Sabes que no creo en las relaciones a distancia... —Bajé la cabeza aún con la mano de Liam cogida a mi brazo—. Además, no es lugar para hablar con gente delante. —Los miré y se encogieron de hombros—. Me duele decirlo, pero no quiero verte más, Dani. No volveré a Barcelona por… ellos.

Dani corrió hacia mí para abrazarme, pero mi sorpresa fue que Lino y Lemon le pararon, impidiéndole acercarse a mí.

—Lino… Lemon…

—Te ha dicho que no quiere verte más —empezó Lemon desafiante.

—Así que no te acerqueh' —terminó Lino. Se giró hacia mí y me cogió de la mano arrastrándome—. Nos vamos.

—¡Liam! —Este se giró—. Gracias. —Sonrió.

Las semanas pasaron, y mi relación con Lino iba genial, éramos los mejores amigos, nada más. Con mis vecinos no iba mal, me invitaban a cenar dos veces a la semana, pero, al final, siempre terminaba yo cocinando.

Me encontraba en el trabajo, como siempre, y Lemon estaba allí, mirando juegos. Entonces recibí una visita de alguien especial, demasiado especial para mí. Salí del mostrador corriendo y fui a abrazar a esa persona.

—¡JENNI! —La besé por toda la cara.

Ella reía como una loca y todo el mundo nos miraba.

—¡Basta, Sénder! —dijo entre risas. Nos separamos y noté cómo se le cristalizaban los ojos—. No sabes cuánto te he echado de menos… —Las lágrimas se le cayeron y la abracé.

—Yo también, Jenni… —Cogí su mano—. Ven, quiero presentarte a alguien. —La guié hasta un chico alto que estaba de espaldas. Toqué su brazo y se giró.

—¡OH, DIOS, Sénder! ¡ERES LEMON, DIOS, DIOS, DIOS, DIOOOOOOOOS! —gritó mi amiga. Nos dejó sordos a los dos y nos reímos—. Sénder, ¿ya te lo has tirado? —preguntó.

—¿¡TÚ ERES TONTA!? —grité muerta de vergüenza. Mi amiga no cambiaría nunca.

Me fijé en que Liam también estaba ruborizado. Se hizo un silencio incómodo que Lemon destruyó.

—Soy Liam, pero todos me llaman Lemon, encantado.

—¿Y esos modales de caballero? —Lo miré extrañada.

—¿Qué?

—Nada, que nunca has sido tan caballeroso conmigo —le sonreí.

—Solo lo soy con chicas bonitas. —Me sacó la lengua.

—Oh, ¿insinúas que no soy bonita? —me hice la ofendida.

—Exactamente.

¿Veis? Mi relación con él había mejorado mucho, ya no era la tímida inmadura. Y, si he de decir la verdad, Liam me gustaba, y mucho.

—Gracias. —Seguía con el teatro, así que me giré, pero me cogió del brazo para abrazarme y tocarme la cabeza.

—No te preocupes por no ser bonita, Rojiza, porque eres preciosa. —Yo ya estaba roja como un tomate.

A este hombre a veces le salía lo romántico por las orejas, y me dejaba hechizada.

—Ahhh, qué adorables —soltó Jenni—. Al final, Sénder, se hará realidad lo que deseaste. —Me guiñó el ojo.

Liam se metió interesado en la conversación.

—¿Qué deseó? —preguntó acercándose a mi amiga.

—Pues…

—¡JENNI! —Le tapé la boca avergonzada.

Ella rio.

—Tú solo imagínate lo más pervertido contigo.

—Guaaaaau, pues, muchacha, cuando quieras te espero en mi camita —dijo levantando las cejas.

—¡Ya te gustaría, ya! —Más roja no podía estar. «Ya la mataré luego», me dije—. Chicos, he de seguir trabajando. Lemon, ¿puedes irte con Jenni para que conozca Madrid? En un rato salgo.

—Claro. —Los dos se fueron.

Continué dos horas de trabajo más, igual de aburridas que siempre que no estaba Liam por allí.

—Hey, Sénder, ya puedes irte —me dijo mi jefe.

¡Bien! Llamé a Lemon para saber dónde estaban. Puerta del Sol. Perfecto. Llegué allí en unos 10 minutos. Estaban sentados en un banco riendo. Una punzada de celos se me clavó en el corazón. Me acerqué a ellos lentamente.

—Hola. —Me salió lo más borde posible.

—Hey, Rojiza, ¿estás bien? —preguntó Lemon rodeando los hombros de Jenni.

Otra vez celos.

—Sí, tranquilo. ¿Nos vamos, Jenni? —forcé una sonrisa.

—Lemon nos invita a cenar. —Le miré y estaba sonriendo.

—Oh, perfecto.

Caminamos y durante todo el paseo yo iba de sujetavelas. Los dos estaban cogidos del brazo y hablando. Me sentía mal por dentro, como si Jenni me hubiera traicionado. A ella siempre le había gustado más Kira664 que Lemon, y «nos los pedimos», por así decirlo. Pero, claro, la realidad es que Liam nunca se fijaría en una chica como yo.

—Sénder, ¿dónde vas? —me gritó Jenni.

Los dos tortolitos estaban parados delante de un Taco Bell, mientras yo aún estaba caminando, absorta en mis pensamientos.

—Ah… —Me dirigí hacia ellos.

Me sentía un poco mal en esa situación, pero supuse que se me pasaría. Mientras me acercaba a ellos, miraba al suelo, no quería verlos juntos, no tenía ganas. Noté que había llegado, pues vi los pies de Lemon y este me cogió por la barbilla para que le mirara.

—¿Estás bien?

«¿Que si estoy bien? ¡Ja! ¿Ahora te preocupas, después de prestarle toda tu atención a ella?», quise decir, pero me salió un:

—Claro, ¿por qué no iba a estarlo?

—¡Genial! Pues entremos. —Abrió la puerta Jennifer.

Lemon y yo nos quedamos fuera, mirándonos a los ojos.

—Después tengo que hablar contigo, Rojiza. —Me tocó la barbilla.

—Vale —dije lo más cortante posible.

Entramos y nos sentamos con Jenni. Liam a su lado, y yo, delante de ella. Pedimos lo que queríamos y comimos en silencio, bueno, miento, yo comía en silencio con la mirada fija en mi plato, pero ellos seguían hablando como antes. Notaba que Lemon fijaba la mirada en mí y a veces intentaba incorporarme a su conversación, pero Jenni no le dejaba.

No odio a Jenni, simplemente ella puede que sea un poco suelta. Aunque siempre me defendió del bullying, las dos sabíamos que ella era la guapa, y yo, la amiga borde. Los chicos lo tenían claro, desde luego. La verdad es que Jenni ha tenido muchos novios, pero a ninguno se lo tomaba en serio. Y yo… Bueno, yo nunca iba a tener una oportunidad con un chico si a ella también le gustaba.

Removía la comida sin hambre. Estaba cansada de oírles hablar y me levanté para ir al baño. Allí me quedé un buen rato pensando en las cosas que me habían pasado con Jenni.

Estaba en tercero de la ESO, y era el día en que había quedado con Edu, mi primer amor. Tenía muchas ganas de que ese día llegara, los dos nos gustábamos. Quedamos en el parque más cercano, pero él aún no había llegado. Sentada en el banco, pataleaba en el suelo, nerviosa.

—¿Sénder? ¿Qué haces sola? —Miré quién era: mi nueva amiga Jennifer.

—He quedado con Edu —dije orgullosa.

Ella se sentó a mi lado.

—Ahh, ¿ese chico tan mono de 4º? —Asentí con la cabeza—. ¡Qué guay! Es supermajo, ¿no?

—Sí, mucho —me sonrojé.

—Hablando del rey de Roma, allí llega. —En efecto, Edu se dirigía hacia nosotras con una sonrisa—. Hola, Edu.

—¡Jennifer! ¡Qué sorpresa verte! —Le dio un abrazo—. Hey, Sénder. —Chocamos las manos.

Edu se sentó al lado de Jenni y ella le preguntó por un chico de su clase. Al poco, empezaron a charlar de sus cosas.

—¿De qué habláis? —pregunté un poco molesta.

—De nada importante —soltó mi nueva amiga.

—Oye, Jenni, ¿no crees que deberías irte? Yo había quedado con…

—No, que se quede, me gusta su compañía —me interrumpió Edu.

—Gracias, Edu… ¡Sénder, no me eches si hay un chico guapo! —se rio ella.

Él se sonrojó.

—¿Me encuentras guapo?

—¿Y quién no?

Y así hablaron, mientras yo callaba. Incluso presencié su beso. Harta de la situación, me fui a casa y ninguno de los dos se percató.

No quiero que vuelva a ocurrir lo mismo… No podría permitirlo. Me retoqué un poco el maquillaje y volví a la mesa en la que, extrañamente, no estaba Jenni, solo Lemon mirando por la ventada.

—¿Y Jenni? —Le saqué de su mundo.

—Se ha ido a su hotel porque se ha manchado la camisa. —Me alegré por dentro—. Pero después volverá para ir con nosotros a la discoteca nueva. —La alegría se desvaneció.

—Oh, ya veo. —Me senté delante de él.

Un silencio incómodo se creó entre nosotros.

—Sénder. —Me sorprendí, hacía mucho que no me llamaba por mi nombre—. Tenemos que hablar…

Huy, eso no pintaba muy bien…

—¿De qué?

—¿Por qué no me lo dijiste? —Sus ojos expresaban tristeza.

—¿De qué hablas, Liam? —No entendía nada.

Suspiró y se apoyó en la mesa, mirándome fijamente.

—Jenni me lo ha contado todo…

—¿El qué? Lemon explícate mejor, por favor —le pedí.

—¿Por qué coño no me hablaste del bullying que sufriste? —Parecía enfadado.

Ahora sí, mataría a Jennifer, ¿por qué le habló de eso sin mi permiso? No, no y no, esto no podía permitirlo.

Me quedé inmóvil, sin hablar, pensativa… No quería volver a revivir esa faceta de mi vida.

—Sénder, contéstame. —Desvié la mirada y me cogió la mano—. Rojiza, yo… No quería hablarte con ese tono, por favor, mírame. —Y, tras un esfuerzo, lo hice, miré esos ojos de color verde oscuro—. Siento mucho todo lo que sufriste…

—No, no lo sientas, te lo pido —sonreí de lado—. Si lo haces, puede que me trates diferente a como lo haces ahora, con pena, por ejemplo. No quiero que cuando hables de mí pienses en «la que sufrió bullying». Por eso no te lo conté, no quiero que sientas pena por mí. Lo fui superando gracias a One Direction y… —me daba vergüenza decirlo—. A ti. —Bajé la mirada hacia mis manos, sonrojada.

—¿A mí? ¡Si yo no te conocía! —dijo sorprendido.

—Tus vídeos. —No lo miraba—. Tus vídeos me alegraban cada día. Cada vez que subías uno, me hacías reír igual o incluso más que ahora. Me sacabas una sonrisa cuando estaba mal. A veces estaba llorando de tristeza y después de entrar en YouTube podía estar llorando de risa. No hice ninguna estupidez gracias a ti. —Esta última frase la dije intercambiando nuestras miradas—. No sabré cómo agradecerte lo mucho que has hecho por mí, me has salvado la vida, Liam Garrido.

En un abrir y cerrar de ojos, se levantó y se sentó a mi lado, sin dejar de mirarme y me abrazó, con mucha fuerza. Derramé un par de lágrimas, lo justo para que no se enterase. La verdad es que me quedé muy bien al decirle todo eso, era algo que tenía planeado confesarle desde hacía mucho tiempo. El abrazo duró más de cuarenta segundos. Al separarnos, Liam tenía una sonrisa de comprensión en la cara.

—Eres tonta —dijo.

Me quedé atónita, ¿después de todo lo que he dicho me llama tonta?

—¿Qu…?

—Eres tonta porque me has hecho llorar mientras te abrazaba. —Me fijé en sus ojos y estaban un poco rojos.— Nunca antes había pensado que mis vídeos hubieran salvado a una persona de la muerte. —Se apoyó en el respaldo de la silla y miró al techo—. No sabes lo feliz que me acabas de hacer, Rojiza. ¿Por hacer el gilipollas he salvado una vida? Dios, no parece creíble… —Lo último lo murmuró para sí mismo, pero lo oí.

—No, Liam, no, por ser tú mismo. —Apoyé mi cabeza en su hombro y él acarició mi pelo—. Gracias, de verdad.

Rio.

—No puedo aceptar esas gracias, Charmander.

Lo miré, ¿acaso me había llamado como un pokémon?

—¿Charmander? ¿En serio? —rio y volvió a recostarme en su hombro, rodeándome con sus brazos.

—Sí, porque tu pelo me recuerda al fuego que tiene Charmander en la cola. Tú eres Charmander.

—Por eso prefiero ser Charizard —dije cortante haciéndole reír.

—Te gustan los pokémons, ¿eh?

—Sí —le sonreí.

Nos incorporamos, mirándonos sonrientes.

—Yo soy Mewtwo. —Después rio maléficamente.

Yo también reí a carcajadas.

—Anda, vamos, Mewtwo irlandés. Jenni nos estará esperando. —Me levanté e intenté arrastrarle, pero era más fuerte que yo y me lo impidió.

—Joooo —me dijo como un niño pequeño.

—WTF?! —empecé a reírme y todo el local me miró, él se unió a mi risa y salimos los dos con dolor de estómago de tanta juerga.

Nos estuvimos riendo durante todo el camino. Todo se me había olvidado en esos momentos graciosos, hasta que vi a Jenni delante de la discoteca, saludándonos. En ese momento quería coger a Lemon e irme a casa. Sabía que esa noche no terminaría muy bien.

—¡Hey, chicos! —nos saludó mi amiga sonriente. Su cambio de vestuario consistía en un vestido muy corto de color rosa, ajustado y sin mangas. Sinceramente, parecía una prostituta, así, dicho desde el cariño.

Forzamos una sonrisa, aunque la de Liam parecía más sincera que la mía.

—¿Entramos? —Lemon me empujó ligeramente para entrar al nuevo local.

Dentro se podía apreciar lo moderno que era todo: luces fluorescentes de todos los colores, tres pisos con ascensor de cristal y el DJ subido en una especie de columna. No sé cómo describirlo… Eran solo las doce de la noche y ya se podían ver jóvenes bastante borrachos, quitándose la camiseta en la barra. Reí, era gracioso ver cómo hacían el ridículo. Jenni decidió que primero bailaríamos, sin haber bebido nada, y accedimos a su proposición. El DJ pinchaba música electrónica al azar, por lo que no conocíamos la mayor parte de las canciones. La noche se me estaba haciendo aburrida de tanto baile hasta que sonó Skrillex. Lemon y yo nos buscamos con la mirada y sonreímos, cómplices. Noté la mirada de Jenni clavada en mí, ella no conocía mi pasión por ese grupo. Liam se acercó, sin dejar de mirarme, y empezamos a movernos como nunca. Esa era la primera vez que bailaba tan a la ligera, sin vergüenza por lo que pudieran pensar los demás. La canción terminó y lo abracé.

—¿Y eso, muchacha? —me preguntó.

—Es un «gracias» porque estoy perdiendo la vergüenza y la timidez gracias a ti. —Él sonrió y yo me dirigí a la barra. Estaba agotada de tanto bailar.

Allí vi a Jenni, sola, removiendo su bebida con desgana y suspirando. Me sentía mal, seguro que era por Liam y por mí, que habíamos estado juntos toda la noche. Me acerqué a ella y le acaricié el hombro, y ella dio un respingo del susto.

—Sénder… ¡Me has asustado! —gritó.

—Lo siento —dije, conteniendo la risa—. ¿Qué te pasa?

—¿A mí? Nada, tonterías, ya sabes… —suspiró.

—¿Es por Liam y por mí? —Ella me miró perpleja.

—¿¡Qué!? —preguntó—. ¿Eres tonta? Si se nota que te gusta… Nunca me metería. ¿Qué amiga sería si no? —sonrió esquiva.

—Pero… lo has hecho ya varias veces. —Miré al suelo y apreté los puños—. Edu y Diego fueron tus víctimas… ¡Y ME GUSTABAN! —grité al final—. Tú siempre sacabas lo peor de mí, haciendo que los chicos me repelieran o simplemente te quedabas con ellos porque a ti todos te querían, eras y eres guapa, ¿y yo? ¡Yo soy la diana de los insultos! Por tu culpa ya no se me acercaban chicos, ni siquiera los de otros colegios. —Notaba que las lágrimas estaban a punto de salir. La observé y estaba mirándome con lástima—. ¿¡POR QUÉ LO HACÍAS!? —volví a gritar—. ¿Querías arruinar mi vida amorosa?

Hubo un silencio, pero ella carraspeó y comenzó a hablar.

—Yo tenía un motivo para ello... No pensaba que había hecho que los chicos no se te acercaran... Esa no era mi intención...

—Entonces dime, ¿por qué? —Estaba llorando, era mucho tiempo aguantando decirle esto a mi amiga y había explotado. Ella no contestaba, miraba el suelo—. ¡CONTÉSTAME!

Me miró seria.

—No quería que te hicieran daño como a mí, Sénder...

—¡La que me hacía daño eras tú! —Eso le sentó mal a Jenni y me arrepentí de habérselo dicho.

—Lo siento, siéntate, por favor. —Hice caso y me senté—. Ellos... No te querían, Sénder. —La miré confundida—. Puede que después de lo que voy a decir les tengas rencor... Bueno, ellos tonteaban contigo para burlarse de ti después. Querían humillarte... Toda la clase estaba implicada, toda. Yo no quería que sufrieras, por eso te apartaba de ellos de la peor manera posible. Me sentía fatal, pero no quería correr el riesgo de que te enamoraras de ellos o algo así. Si les hubieras gustado, no te los habría podido quitar ni queriendo..., como pasó con Dani. Y con Liam, lo sé, parecía una lapa, pero necesitaba saber que no te iba a hacer daño. He comprobado que no tiene novia y que no está interesado en solo un rollo, y... le he contado lo del bullying. Perdona. Creo que puedes confiar en él y puede ayudarte, porque sé que aún tienes recuerdos de todo eso.

Las lágrimas salían de mis ojos como cascadas. Me sentía... estúpida no, lo siguiente. Había juzgado a mi mejor amiga sin saber la historia completa. Jenni siempre se preocupaba por mí. ¿Por qué no lo pensé antes? La abracé al momento.

—Lo siento tanto, Jenni... —Estaba sollozando—. Pero tanto... Lo siento por decir todas esas palabras. —Me acariciaba la espalda y sus lágrimas caían en mi hombro desnudo—. Y gracias, tú siempre has estado pendiente de mí y yo... prácticamente no he hecho nada. —Me separó de golpe.

—¿Eres tonta? ¡Tú me haces hacer lo que más me gusta! —gritó como si fuera obvio, y al ver que yo no entendía a lo que se refería, sonrió—: Ser TU mejor amiga —enfatizó esa palabra.

Volví a llorar, esta vez de emoción y la abracé de nuevo. Dios, ¡cómo la quería! Poco después, una voz nos hizo separarnos.

—Hola, Sénder. —Reconocería a kilómetros esa voz. Empecé a temblar.

—¿Ro... Robert? —tartamudeé.

Robert era el chico que más me había insultado, criticado y burlado de mí, y, aunque el último día de clase se había disculpado, diciendo que lo sentía mucho, yo no le había creído.

—Así es —sonrió.

Estaba temblando, no quería más burlas, ya no. Me refugié detrás de mi amiga, que se apartó de mí poniéndose a su lado, cogiéndole la mano.

—¿Jenni? —le pregunté con miedo—. ¿Qué haces?

—Sénder... No te lo he dicho antes...

—Estamos saliendo —terminó la frase Robert.

Me quedé en shock.

—¿Sénder? —preguntó mi amiga al ver mi reacción.

—¿Desde cuándo?

—Desde que te fuiste.

—¿¡Qué!? —Fulminé con la mirada a Jenni—. ¿No me lo dijiste? ¿¡Por qué!? —Ella bajó la cabeza, apretando más la mano de su estúpido novio—. ¡Tú sabías todo lo que me hacía!

—Sénder.... No quería salir con él porque se portaba mal contigo, pero cuando te fuiste... Aunque yo no quisiera admitirlo, hacía tiempo que me gustaba, y...

—Ahora lo entiendo todo... Por eso cuando me insultaba no me defendías... Decías que le tenías miedo solo a él, pero era mentira... —La miré fijamente con odio—. Entonces, gracias por decirle a tu novio que me dejara en paz.

—¡No, Sénder! ¡Ha venido conmigo para disculparse!

La miré sorprendida. ¿A estas alturas y después de todo lo que yo había pasado? Sin decir nada más, me di la vuelta y comencé a caminar dispuesta a salir del local.

¿Por qué tantos dramas en tan poco tiempo? ¡Solo tengo 18 años! ¿Por qué me haces esto, Dios? Finalmente, salí del local, me senté en el suelo, con la cabeza escondida entre mis rodillas, y comencé a llorar. ¿Por qué? Todo lo que me pasaba, ¿me lo merecía? ¿Había hecho daño a la gente para que me trataran así?

—Chica, ¿estás bien? —Una voz femenina hizo que parara de llorar.

La miré, estaba arrodillada a mi altura. Era morena con el pelo largo, californianas, ojos oscuros, y era muy bonita. Llevaba un vestido no muy largo, de color negro y rosa clarito, sin mangas.

—Sí. —Me levanté y sacudí mi ropa para que la suciedad del suelo se fuera—. Gracias por preocuparte. —Forcé una sonrisa y ella me la devolvió.

—Soy Estel. —Me tendió la mano—. Y este... —señaló a un chico en el que ni siquiera me había fijado— es Sam, mi novio.

Ese chico me sonaba bastante, pero no le di importancia.

—Encantada, soy Sénder. —Le apreté la mano—. ¿A ti te conozco? —pregunté al chico.

—No, no te he visto nunca. —La voz me sonaba aún más, pero mi cabeza no podía pensar.

—¿Quieres ir a un bar a tomar algo? Lo digo para que te sientas mejor. —Estel me sonrió.

—¿Eres así con todas las chicas que lloran delante de una discoteca? —pregunté, y ella rio asintiendo.

—Sí, digamos que he escuchado tu conversación con tu amiga… ¿Qué me dices?

—¡Claro!

No sé por qué acepté, podrían ser unos secuestradores, pero esa chica transmitía mucha confianza. Así que, aunque dudé un momento, nos fuimos en su coche.

—¡Ya estamos! —Miré por la ventana y vi que era en mi calle, ese bar que cada mañana estaba cerrado.

Salimos del coche y entramos al bar. Pedimos una mesa y picamos algo de comer, con un poco de alcohol, pero no mucho, ya que Sam debía conducir después. Hablamos de todo tipo de cosas, me lo estaba pasando muy bien con ellos. Hubo un momento en el que me percaté de quién era Sam y por qué me sonaba tanto.

—Bueno, y Sam y yo nos fuimos a Par… —decía Estel.

—¡ERES KIRA664! —la interrumpí gritando.

Los dos rieron.

—Exacto, ¿ves mis vídeos? —me preguntó sonriente.

—Algunos —reímos.

Seguimos hablando durante horas, hasta el momento de irnos. Intercambiamos los teléfonos.

—¿Quieres que te llevemos? —preguntó Estel.

—No, da la casualidad de que vivo en esta misma calle —sonreí.

—Oh, perfecto —dijo Sam—. Pues un placer, Sénder. Ya quedaremos.

Asentí y se fueron. Llegué a casa, mis padres dormían, así que hice el menor ruido posible y me acosté. Pocos segundos después, caí en los brazos de Morfeo.

—Buenos días —me saludó Nacho con una sonrisa.

—Hola —dije sin ánimos.

—¿Estás bien?

Asentí con la cabeza.

—Solo que… ¿por qué hay que trabajar un lunes? Tengo mucho sueño… —bostecé.

—No tiene nada que ver que sea lunes, lo que no te gusta es trabajar después de un día festivo. Si empezaras los martes, los odiarías igual —dijo colocando unos juegos en la estantería—. Además, debes de estar más que acostumbrada, ya llevas un mes aquí.

—Cállate, cerebrín. Lo sé, pero ¡es lunes! ¡Quiero dormir más o tener tiempo para dibujar tranquila, no estar aquí! —me quejaba.

—Anda, deja de refunfuñar y ayúdame.

Le hice caso.

—¡Ahhhhhhhhhhhhhh! —grité. Nacho se pegó un susto y me reí de su cara—. ¡Qué cara has puesto! —dije entre carcajadas imitándole.

—¡Oye! A ver si tú no te asustas si te gritan en el oído de repente —dijo ofendido, pero después se unió a mis risas—. ¿Por qué has gritado?

Cogió el juego que tenía en mis manos y lo inspeccionó. Me miró extrañado y reprimí una carcajada.

—¿Pokémon? —preguntó.

—Ajá —afirmé—. Y no me mires así, que tampoco soy tan rara. Solo que me ha hecho gracia, es tan antiguo… *Poké-*

mon mundo misterioso: equipo de rescate rojo. Me acuerdo de cuando jugaba con él —reí para mis adentros. Me fijé bien en el dibujo que había y me sonrojé—. Charmander… —susurré para mí misma. Lemon me había llamado así la anterior noche.

—¿Sénder?

—Perdón, me lo voy a comprar, así que lo dejo apartado.

Lo pagué en caja y lo guardé en mi bolso. Más tarde se lo enseñaría a Liam. Mi jornada terminó y me fui corriendo a casa. Toqué la puerta de mi vecino. Un toque, dos, tres… y cuatro. No abría nadie. Bufé rendida y me di la vuelta para entrar en mi piso, cuando alguien finalmente abrió. Me volteé entusiasmada, pero mi reacción cambió al ver a una muchacha despeinada, rubia, con unos ojos azules que enamorarían a cualquiera. Solo llevaba una camiseta larga que le hacía de camisón y, por su cara, deduje que antes de abrir, estaba dormida.

—¿Quién eres tú? —preguntó rascándose la cabeza.

—Soy Sénder, ¿y tú? —fingí una sonrisa.

—Oh, ya veo, Liam me ha hablado de ti. —¿Liam? ¿Acaso lo conoce?—. Soy Sandra, su novia. —Eso me cayó como un jarro de agua fría—. Es un gusto conocerte al fin, Sénder, y lo siento por las pintas que llevo, Liam y yo estábamos echando una siestecita… —rio tímida y se sonrojó.

«Sí, una siesta, seguro», pensé irónica. Bien, esa chica, supuestamente, es su novia, ¿no? Entonces, ¿por qué me dijo Jenni que no tenía? Estaba confusa y se me puso un dolor en el pecho. Creía que podía tener una oportunidad con él, pero, como dije antes, él NUNCA se fijaría en alguien como yo.

—¿Y querías algo? —me sonrió.

—Em… No, no te preocupes, puedo volver… Pronto, sí, pronto… —dije sin ánimos de nada. Lo único que quería era llorar, me había hecho ilusiones que se habían roto.

—¿Estás bien? —me preguntó preocupada.

—Sí, claro, nunca había estado mejor —mentí.

—¿Quién es, Sandra? —Un hombre al que conocía muy bien se asomó por la puerta bostezando, solo con bóxers y una camiseta—. ¡Rojiza! —sonrió al verme. Se acercó a mí corriendo para abrazarme, pero lo aparté, y me miró confundido.

—No, Liam, no. Tú ya tienes a tu novia para abrazarla. Un placer, Sandra. Ahora, si me disculpáis, me largo. —Me fui a mi casa.

—¡Rojiza! —Me tomó del brazo—. ¿Qué cojoneh' te paha'? —En un momento así, aunque ponía acento cubano, no me reí—. ¿Sénder?

—Adiós, Liam —le forcé una sonrisa y entré en mi piso.

Me encerré en mi habitación, me puse los cascos con la música de One Direction y lloré en mi cama. ¿Por qué el destino era tan cruel conmigo?

LIAM

—Adiós, Liam. —Forzó una sonrisa y entró en su piso.

Sabía que no era buena idea ir tras ella, sabía que estaba así de borde por mí. Me senté apoyado en la puerta de Sénder, escondí mi cara entre mis manos y me maldije. No quería que viera a Sandra, por eso la escondía. Sandra y yo éramos «amigos con derecho a roce», pero dijimos que, cuando alguien preguntara lo que éramos, contestaríamos que éramos novios.

Mierda, mierda y mierda. Seguro que estaba enfadada por no decírselo, y ella cree que es una «relación». Necesitaba explicarle todo, pero sabía perfectamente que no me quería ver, no en este momento. Llamé a su puerta. Una voz temblorosa se escuchó desde dentro.

—¿Quién es?

—¿Señor Capdevila? Traigo un paquete para usted. —Transformé mi voz por una más grave, muy exagerada. Esperaba de todo corazón que se lo creyera.

—Lo siento, pero mi padre no está, así que puede irse.

—Mierda.

—Emmm... Pero es de la empresa y es necesario que lo vea hoy. —Oh, *seh,* nena, qué bien se me da esto...

Tres segundos después, se escuchó la cerradura de la puerta y cómo lentamente se abría. Aproveché ese momento para colarme en su casa.

—¡Lemon! —gritó asustada—. ¿Eras tú?

Asentí. Miré sus ojos verdes. Estaban rojos e hinchados, había llorado y seguro que era por mí. Me sentía un estúpido en ese momento. Llevaba los auriculares en el cuello y la música aún sonaba, pues se oía, pero era imposible saber qué canción era. Me acerqué a ella y me agaché un poco, quedando mi cabeza en su mentón, notando su respiración en la coronilla. Supe que se sonrojó y sonreí un poco. Cogí un auricular y me lo puse:

It makes your lips so kissable, and your kiss unmissable, your fingertips so touchable, and your eyes irresistible... —Era una canción lenta que nunca antes había escuchado, y no sabía de quién era.

Solté el auricular y la miré.

—¿De quién es? —pregunté.

Ella se puso uno de los cascos y se le cristalizaron los ojos.

—One Direction, y la canción se llama *Irresistible...* —dijo lentamente sin dejar de mirarme.

«Cómo no», pensé. Ella me miró confusa esperando que me burlara de esos chicos. La verdad es que cantan bien y no me desagradan, solo que no es mi tipo de música, y me gusta molestarla un poco. Esta vez, no dije nada, solo la abracé.

SÉNDER

Y, de repente, me abrazó. Apoyó mi cabeza en su pecho, que subía y bajaba por la respiración. Las lágrimas amenazaban con salir otra vez, pero no lo haría, no delante de él. Me aparté bruscamente, y él no lo entendió.

—¿Por qué has venido? —pregunté fríamente.

Se rascó la nuca, una costumbre que tenía... ¿Qué pasa? Me fijo mucho en todos sus movimientos...

—Creo que debemos hablar, Rojiza... —cogió aire—, Sandra no es mi novia.

—Oh, ¿acaso venías por eso? ¿Crees que me importa que sea tu novia? —mentí.

—¿No te importa? —Frunció el ceño—. Yo creía que estarías furiosa por no habértelo contado...

—Si has venido por esto, vete. —Señalé la puerta. Allí estaba mi orgullo—. Tengo cosas que hacer.

Abrió los ojos como platos.

—¿Qué tienes que hacer, Sénder? —preguntó retándome—. ¿Llorar en la habitación sola como meses atrás? —Zas, mi punto débil. Sin poder aguantar más, lágrimas saladas humedecieron mis mejillas. Se dio cuenta de su error y se tapó la boca—. Rojiza, yo... no quería decir es...

—Vete —lo interrumpí. Él estaba quieto mirándome con pena—. ¡HE DICHO QUE TE VAYAS, LIAM! —grité entre sollozos.

Por fin me hizo caso. Le acompañé a la puerta y se la abrí. Se giró justo cuando salía y me dio un beso cerca de la comisura de mis labios. Me sonrojé.

—Lo siento, Charmander. —Él fue quien cerró la puerta, dejándome confusa.

Toqué la zona en la que me había besado. ¿Por qué me besó cerca de los labios?

Después de ese shock, entraron mis padres besándose, una imagen no muy bonita para mí... Si no se hubieran dado cuenta de mi presencia, ya estarían teniendo sexo, pero mi madre se asustó al verme.

—¡Sénder! —gritó avergonzada.

Reí. Mi madre me inspeccionó la cara.

—¿Qué te ha pasado en los ojos? Están rojos, ¿has llorado?

—¡No! Es que me he quitado el maquillaje con la crema y me ha entrado dentro, soy una patosa, ya lo sabes.

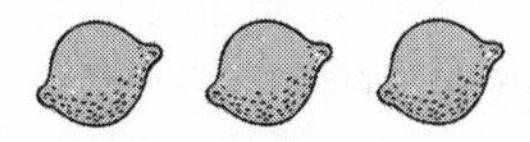

Ya habían pasado tres semanas de mi «enfado» con Liam. Lo he estado ignorando todo este tiempo. No nos hemos visto ni en la tienda ni en casa, siempre me escondía cuando estaba cerca. Igual que hice con Jenni... El tiempo que estuvo en Madrid pasé de ella y no cogía sus llamadas. Me había decepcionado.

Estaba nerviosa, muy nerviosa: era mi primer día de universidad. Faltaban unos minutos para las diez, y allí estaba yo, observando el edificio. Allí pasaría los próximos cuatro años de mi vida. Las puertas se abrieron poco a poco y entré, sin saber a dónde conducía ese camino. Por los altavoces anunciaban que los de primer curso debían dirigirse a recepción, y los demás, a sus respectivas clases. Hice caso, me acerqué a recepción. Entré y vi cientos de chicos y chicas hablando animadamente. Me sentía «desplazada» otra vez. Suspiré y me senté en el suelo, revisando mi móvil. Tres wasaps de dos contactos:

Mamá: «Que vaya muy bien, hija <3».

Liam: «Tus padres me han dicho que hoy empiezas la universidad, espero que lo pases bien». «¿Te vienes a cenar esta noche a casa? Porfa, Rojiza x».

Sonreí y contesté:

«Muchas gracias, mamá :D».

«Lo siento, Liam, no puedo».

Pocos segundos después, recibí otro mensaje de él:

«¿Por qué no? ¡Hace mucho que no nos vemos!».

«He dicho que no». Le contesté fríamente, porque aún estaba enfadada.

Guardé el móvil cuando me llamaron por mi apellido. Me acerqué a esa mujer de unos sesenta años, de pelo blanco y gafas.

—Señorita Capdevila, aquí tiene su horario. —Me entregó una hoja—. Que vaya bien —se despidió.

Me fui, allí había tanta gente que me estaba agobiando y miré qué asignatura me tocaba: Geometría descriptiva. Resoplé. Odiaba la geometría, pero la necesitaba. Busqué mi clase y entré. No había mucha gente, así que me senté cerca del profesor, quería congeniar con él o ella y llevarnos bien, vamos, hacerle un poco la pelota ya que en esta materia yo era un poco pésima.

—¿Sénder? —Una voz llamó mi atención.

Me giré y mi sorpresa fue verla a ella.

—¡Estel! —La abracé levantándome de la silla—. ¿Qué haces aquí?

—Tengo clase, no me digas que tú también.

—Si no te lo crees, mira mi horario. —Le mostré el papel.

Dio un grito de alegría muy agudo y me abrazó.

—¡Al menos conozco a alguien! —me dijo. Reí—. ¿Me puedo sentar contigo?

—¡Claro! Eso ni se pregunta. —Nos sentamos dejando nuestras cosas—. ¿Y qué carrera haces?

—Topografía. —La miré sin entender y rio—. Te diré lo que es de una manera muy técnica —carraspeó—: ciencia que estudia el conjunto de principios y procedimientos que tienen por objeto la representación gráfica de la superficie de la Tierra, con sus formas y detalles. —La miré sorprendida y volvió a reír más fuerte, atrayendo todas las miradas hacia nosotras.

—¿Te lo has aprendido de memoria para estar preparada? —pregunté graciosa.

—Claro, para gente como tú que no sabe lo que es la topografía —me miró burlona.

—¡Oye! —me hice la ofendida—. Que no soy tan inculta, ¿eh?

Antes de que Estel dijera algo, la profesora entró y se sentó justo delante de nosotras, pues ahí estaba la mesa del profesor. Era alta y esbelta, con una larga cabellera negra y los ojos muy azules.

—Buenos días, soy la profesora Milton. Como podéis comprobar, no soy española, soy inglesa y no quiero burlas sobre mi acento, ¿de acuerdo? —La verdad es que tenía un acento muy peculiar—. ¿Alguna pregunta?

Una chica rubia con gafas levantó la mano. La señorita Milton hizo un gesto para que hablara.

—¿De qué ciudad es?

—Se suponía que eran preguntas para saber más de esta materia. —Toda la clase rio—. Soy de Bradford —sonrió.

Ahogué un pequeño grito al recordar que Zayn Malik era de allí. Vi cómo Estel apretó su puño, ¿acaso también le gustaba One Direction? Después se lo preguntaría.

El día pasó rápidamente, todo eran presentaciones y esas cosas que se hacen el primer día de clase. Me fijé en que Estel y yo coincidíamos en distintas asignaturas, lo que me alegraba, y me hacía feliz el poder encontrar una amiga en la universidad.

Estel se ofreció a acompañarme a casa, ya que la suya solo quedaba a unas manzanas de allí. Estuvimos hablando y riendo, con ella me lo pasaba demasiado bien.

—¿Te gusta One Direction? —pregunté.

—¿Que si me gustan? —se lo pensó y me miró con una sonrisa en la cara, mostrando sus blancos dientes—. ¡LOS ADORO! —reímos—. ¿Y a ti?

—Soy *directioner*, así que gustarme es poco. —Ella me abrazó—. ¿Y eso?

—Eres genial, Sénder, simplemente genial. Somos iguales, los mismos gustos. ¿Sabes? Creo que somos hermanas perdidas —volvimos a reír.

—Solo que no naciste en Barcelona como yo —solté, y ella me miraba con ojos como platos.

—¿¡Naciste en Barcelona!? ¡No me digas! ¡Yo nací en un pueblo cerca de allí! —Dio saltitos de alegría—. Oh, Dios, esto es el destino.

Reí, estaba muuuuy loca, como yo, y eso me encantaba.

—Bueno, Estel, mañana nos vemos. Aquí está mi casa —la señalé.

—Vaya, pues sí que está en la misma calle que el bar del otro día —sonrió—. ¡Nos vemos, Sénder! —Me besó la mejilla y sonreí.

Tenía una amiga, una muy buena amiga. Saqué las llaves de mi bolso, pero alguien abrió la puerta del portal.

—Hola, Rojiza —sonrió.

—Hola —dije seca pasando por delante de él y pulsé el botón del ascensor.

—Emmmm… ¿Te vienes a cenar?

«Hace semanas que no lo ves y no sabes nada de él, acéptalo, idiota», dijo mi subconsciente.

—Está bien, suerte que he salido temprano de la universidad. —El ascensor vino—. Voy a cambiarme y nos vemos a las…

—Ocho —terminó mi frase.

—Está bien —le sonreí un poco—. Hasta luego.

Cuando las puertas del ascensor se cerraban, vi que Lemon saltó de alegría y reí. Era tan mono...

Faltaban dos horas para ir a casa de Liam y Miral, y yo ya estaba lista, con un vestido de verano de tirantes que me llegaba hasta las rodillas. Poco maquillaje, y muy natural. Estaba recostada en la cama, aburrida, ¿qué haría durante esas dos largas horas? Después de pensarlo mucho, recordé lo que me había comprado hacía tres semanas: el juego de Pokémon. Busqué mi Nintendo DS, descolocando toda mi habitación y... ¡tachán! Estaba en una caja que aún no había desempaquetado. Metí el juego en la consola y me trasladé a mi mundo, mi infancia. No sabía ni qué hora era, pero el teléfono sonó, haciéndome despegar de mi DS. Era él.

—¿Sí?

—¡Rojiza!

—¿Qué pasa? —Me asusté, creía que llegaba tarde—. ¿Llego tarde? ¿Qué hora es? ¡Ay, lo siento! —Me levanté de la cama apresuradamente.

—¡Estate quieta! Aún falta una hora, ¿es que no tienes reloj, muchacha? —Le hice caso, y miré el reloj; apenas eran las siete.

—Uff, vale, lo siento. —Hubo una pausa— ¿Entonces qué quieres?

—Bueno yo... Sho' quería sabéh si a la shiquilla le guhtaría ir conmigo a dar una vuelta —Imitó ese acento. Reí, con él siempre reía.

—Mmmm... Está bien, caballero. —Me mordí el labio. ¿Desde cuándo se me había pasado el enfado? Nah, me daba igual ya.

—En cinco minutos voy, Rojiza.

—Vaaaaaale. —Pero no lo escuchó, ya que colgó.

Apagué la consola y me la metí en el bolso, quería enseñársela. Me miré por última vez al espejo, y ya estaba lista cuando sonó el timbre.

—¡Hola! —gritó dejándome sorda.

—Joder, ¡no hace falta que grites! —repliqué con el mismo tono de voz—. ¿Vamos? —dije caminando hacia las escaleras, pero él estaba quieto—. ¿Liam?

—No me has saludado… —Señaló su mejilla.

Suspiré y le iba a dar un beso en la mejilla, pero él se giró hacia mí juntando nuestros labios en un corto beso, un pico, lo justo para que me quedara atontada. Acto seguido, él ya estaba bajando las escaleras.

—¿Rojiza? —dijo sonriente—. ¿Vienes o te quedas ahí?

—Ah, ah… ¡Sí, voy! —Sabía que estaba muy roja, ya que Liam no paraba de reírse.

Estábamos en el portal y me paró.

—Tienes que ponerte esto. —Me entregó un pañuelo. Fruncí el ceño—. Quiero llevarte a un lugar, pero es una sorpresa— sonrió transmitiéndome confianza.

Resoplé.

—Está bien… —Le di la espalda para que me lo pusiera en los ojos.

—¿Ves algo? —me preguntó. Sabía que estaba haciendo gestos delante de mí.

—*Nop* —negué.

—¿Confías en mí, Rojiza?

—No —bromeé—. Tengo miedo, ¿cómo piensas llevarme?

—En metro. Venga, vamos.

Iba a negarme, pero me cogió de la mano arrastrándome. Me sentía muy bien con su mano entrelazada con la mía. Me sonrojé de nuevo, y recordé el beso de hacía unos minutos. Con la mano libre toqué mis labios y sonreí.

—Ya puedes quitarte lo de los ojos —me susurró al oído haciéndome estremecer.

Me lo quité y casi lloro allí mismo. No me lo podía creer, estábamos delante de la 1D World de Madrid. ¿Esto es real? Mis lágrimas se asomaban y abracé a Lemon con mucha fuerza.

—Dios, Dios, Dios, ¡DIOS! ¡Lemon, te quiero mucho! ¡GRACIAS DE VERDAD!

Nos despegamos y me limpió las lágrimas de felicidad que me caían.

—Entonces, ¿te gusta? —sonrió mostrando esa perfecta sonrisa.

—¿Que si me gusta? ¡ME ENCANTA! —Miré la tienda y empecé a dar saltitos. Agarré a Liam por el brazo—. Vamos a la cola.

No había mucha gente, pues era un lunes y las siete de la tarde. Yo estaba entusiasmada: ¿cómo podía ser que un chico que critique a One Direction me lleve a una tienda suya? Acarició mi pelo y le miré con una sonrisa de felicidad. Seguro que si no estuviera pensando en la tienda, estaría roja por su gesto.

—Espero que cuando entremos no digas algo que me haga enfadar. —Lo fulminé con la mirada y rio.

—Tranquila, no lo haré. —Me besó en la cabeza y me ruboricé—. Si te preguntas por qué te he traído aquí, es simple, quiero que me perdones por lo de Sandra.

Volví a abrazarlo.

—Estás más que perdonado, Liam. —Me separé—. ¿Cómo sabías que la 1D World estaba aquí?

—Tengo criaturitas *directioners*, ¿crees que no me leo los tuits? —sonrió y yo le devolví la sonrisa.

Centré la mirada en la tienda. Tenía dieciocho años, pero en ese momento me sentía como si tuviera quince.

—Liam, te lo devolveré —refunfuñé.

—No, es un regalo —dijo cargando las bolsas.

—¡Te has gastado más de cien euros! ¡Y por mí!

Cuando entramos en la tienda, me emocioné comprando y, bueno, cuando fui a pagar, Lemon se adelantó y pagó con SU dinero. No podía permitirlo, él ya había hecho demasiado llevándome hasta allí.

—Me da igual —canturreó.

—Encontraré una forma de devolvértelo. —Él rio.

—Qué cabezota eres. —Rio más fuerte—. Venga, vámonos a cenar a casa.

Asentí y, en menos de quince minutos, ya nos encontrábamos en su casa.

—¡Mirah! —gritó el irlandés.

No obtuvo respuesta.

—Bien, hoy estaremos *solos*. —En la última palabra subía y bajaba las cejas rápidamente.

—Sí, pero *cenando*. —Hice lo mismo que él en la última palabra.

Preparamos la comida (bueno, preparé), y pusimos la mesa.

—Está muy bueno todo —dijo con la boca llena de comida.

—Por Dios, Liam, cierra la boca mientras comes —reí y él me fulminó con la mirada.

Terminamos sobre las diez y media, y nos sentamos en el sofá.

—¡Liam! —le grité al oído y él dio un salto del susto mientras yo reía.

—¿¡Qué!? ¡No hace falta que me grites! —Intentó reprimir la risa, pero explotó a carcajadas.

—Tengo que enseñarte algo. —Me levanté del sofá y busqué en mi bolso la consola, saqué el juego y lo puse en la cajita en la que iba originariamente. Me acerqué a él con las manos en la espalda y me senté lentamente en el sofá—. ¡Mira! —Saqué el juego rápidamente de detrás de mi espalda, pero, sin querer, de la rapidez, le di en la barbilla con mi mano y me reí todavía más. No podía parar de reír, y él refunfuñaba cosas ininteligibles, pero pronto se unió a mí.

—Déjame ver qué es. —Se lo iba a entregar—. Pero ¡alto! —Paré—. Nehecito coherlo yo —dijo con acento cubano y me cogió el juego, inspeccionándolo. Se le iluminaban los ojos como cuando le das un juguete nuevo a un niño pequeño. Esa escena me pareció demasiado tierna...— ¡POKÉMON MUNDO MISTERIOSO: EQUIPO DE RESCATE ROJO! —Me miró sonriente y volvió a observar el juego.

Sabía que lo quería, quería que fuera suyo.

—Es para ti. —Apoyé mi cabeza en su hombro.

Me miró sorprendido.

—¿De verdad? ¡Te lo pagaré! —Estaba a punto de levantarse, pero lo paré.

—Esto es mi regalo. —Nos sonreímos.

—Entonces, gracias. —Besó mi mejilla.

Nos mirábamos fijamente, serios. En ese momento solo existíamos él y yo, nadie más. Liam se acercaba poco a poco hacia mí. Nuestros labios estaban a punto de rozarse cuando...

—¡Lemoooooon! —gritó el que entró por la puerta.

Liam y yo nos separamos bruscamente, avergonzados. ¿Estuve a punto de besarlo? Su sonrojo se hacía visible cuando

Miral entró en el comedor, mirándome fijamente, mientras yo permanecía con la cabeza gacha.

—¡Hola, Sénder! —Miró a Lemon, que tenía cara de estar molesto—. Ups, ¿he interrumpido algo?

—No, tranquilo, yo ya me iba. —Me levanté y besé a Liam en la mejilla—. Adiós, chicos, nos vemos.

Y me fui de allí, huyendo como siempre.

LIAM

—No, tranquilo, yo ya me iba. —Sénder se levantó y me besó en la mejilla—. Adiós, chicos, nos vemos.

Y se fue. Suspiré enfadado, mirando fijamente a Miral.

—¿Qué? —me dijo este.

—Eres un completo idiota. —Me levanté y me encerré en mi habitación con un portazo.

Me senté delante del ordenador y revisé mi Twitter. Tenía ganas de hacer algo para agradecer a todos mis seguidores su apoyo, así que me dispuse a grabar un directo. No tenía sentido hacerlo así como así, pero me apetecía. En Twitter puse: «En 5 minutos, directo porque me da la gana. ;D ¡Estad atentos!».

Empecé a prepararlo todo, riendo por las menciones de algunas chicas emocionadas. Ya estaba listo, así que encendí el botón de empezar. En menos de tres minutos, más de 30.000 personas estaban viéndolo.

—Ah —solté—. ¡Buenas, criaturitas del señor! Pues bueno… —Empezaba a ponerme de los nervios, como siempre—. He decidido hacer este directo porque quería agradecer todo vuestro apoyo… Suena cursi, lo sé… —dije con voz de pito—. No, en serio, gracias por todo. Ahora preguntad, intentaré responder MUCHAS preguntas, algo difícil en mí…

Ya llevaba una hora con el directo y respondía preguntas al azar, y una me llamó la atención. La leí en voz alta:

—Myriam_larry pregunta: «¿Estabas hoy en la 1D World de Madrid con una chica o no?».

Me quedé pensando en qué decir… Si digo que sí, los chicos que odian a One Direction me criticarán, y eso comportará más *haters*; en cambio, si no digo la verdad, Sénder puede enfadarse y pensar que soy un mentiroso.

—¿Para qué mentir? Sí, he ido con una amiga. No penséis mal, simplemente la llevé allí para que me perdonara, porque su amistad es muy importante para mí y no quería que estuviera enfadada conmigo durante más tiempo… Ahora la gente me dirá: «A Lemon le gusta 1D», «Er' Lemon eztá mintiendo» y cosas por el estilo… Pero bueno, yo os he contado la verdad, si no os lo creéis, es problema vuestro —sonreí falsamente delante de la cámara.

—Uyyy, Lemon enamorao' —oí una voz detrás de mí.

—¡Miral! ¡Vete, no quiero verte! —le grité señalando la puerta y cuando se fue dije—: ¡Y no estoy enamorado!

Las demás preguntas fueron sobre mi enfado con Miral, que les explicara por qué estaba así con él… Pero no quería contar que estropeó mi beso con Sénder. Así que me despedí y abandoné el directo. Me tumbé en la cama, con mi gata Blueberry encima. Mientras la acariciaba, pensaba en Sénder. Rojiza es una chica especial, me refiero a que ella no es como las demás, tiene un carácter muy distinto; te puede caer muy bien o la puedes odiar. A mí me cae demasiado bien, por eso cuando se enfadó conmigo lo pasé muy mal, es una amiga muy cercana para mí, aunque tampoco nos conocemos al cien por cien, pero nuestra confianza es enorme. Cada vez que pienso en ella, mi estómago sufre cosquilleos. ¿Qué me pasa? ¿Me estaré enamorando de ella? No, Liam Garrido Dewitt nunca se ha enamorado, y Sénder no será la excepción.

Ya lo pasé mal cuando Laura me gustaba, como para enamorarme...

SÉNDER

Dos escenas rondaban por mi cabeza constantemente: el pico que Lemon me dio, y que casi nos besamos. No paraba de recordarlo, tanto que incluso soñé con ello.

—¿Qué habría pasado si Miral no nos hubiera interrumpido? —me pregunté en voz alta delante del espejo mientras intentaba quitarme las terribles ojeras. Me encogí de hombros.

Salí de casa bostezando, apenas había dormido cinco horas y estaba como un zombi. Mi móvil sonó cuando estaba bajando las escaleras. Ni me fijé quién era y lo cogí.

—¿Mmmmh? —Aún estaba dormida.

—¿Sénder? —preguntó una voz femenina.

—*Sep* —solté—, ¿y tú?

—Soy Estel. —Sonreí. Esta chica se convertiría en muy buena amiga—. Estoy en el portal de tu casa.

Bajé el último escalón y la vi con el móvil. Colgué, abrí la puerta que daba a la calle y me abalancé sobre de ella.

—¡Teeeeeeeeel!

—Dios, Sénder, ¡lo que pesas! Quítate de encima de mí —dijo entre risas.

Me incorporé y caminamos en dirección a la universidad.

—Estás dormida y feliz a la vez, ¿qué te pasa? —preguntó mi amiga sonriente.

—Si yo te contara... —suspiré y me di cuenta de que ese pensamiento lo había dicho en voz alta. Me maldije a mí misma—. Emm, nada, soy así todas las mañanas —forcé una sonrisa, pero ella me miró mal.

—Vamos, dime, no se lo contaré a nadie.

—Aish, vale… —Le conté todo lo ocurrido con Lemon, desde el principio, cómo nos conocimos, hasta la escena del «casi-beso».

—O sea, conoces a «elLimonesOMG», ¿y no me lo dices? —fingía estar indignada—. ¿Sabes que adoro a ese hombre, y que me está dando mucha envidia? —Reímos.

—Perdona, Tel, pero tú ya tienes a Samuel, conocido como Kira664 —le sonreí pícara.

Ella suspiró mirando al cielo, enamorada.

—Mi Sam…, cómo lo amo. —Se sonrojó.

—¡Qué mona! —Le pellizqué la mejilla y su sonrojo se hizo más notable—. Sois muy monos juntos. —Sonreí.

—Gracias, Sénder —me contestó algo tímida.

Después de un corto camino, llegamos a nuestro destino. Las horas pasaban volando y muchas las compartía con Estel, lo que me alegraba. A la hora del almuerzo, algunos chicos se nos acercaron para ligar, pero Tel era tan directa que en cuanto se aproximaban decía: «Tengo novio». Sus caras de desilusión eran impresionantes, pero después fijaban la mirada en mí, y mi amiga les decía: «Tiene el corazón ocupado», mientras yo la fulminaba con la mirada y los chicos se iban. Las demás clases pasaron demasiado rápido y ya nos encontrábamos despidiéndonos delante de mi portal.

—Entonces, esta noche en el bar de esta calle. —Estel me convenció para salir esa noche, pues era viernes y no teníamos nada que hacer—. E invita a Lemon, yo lo haré con Sam; quiero ver sus reacciones al encontrarse —rio maléficamente.

—Está bien. Nos vemos. —Besó mi mejilla y se fue.

Estel y yo teníamos un plan: descubrir si Liam estaba pillado por alguna chica. Antes de entrar a mi casa, llamé a su puerta. Pocos segundos después, me encontré a esa chica rubia delante de mí. Mi corazón se estremeció y quería huir otra vez. Pero esta vez la chica de ojos azules solo me sonrió y me dijo «adiós» mientras salía de casa de Liam. Iba de la mano de otra chica. No entendía nada y fruncí el ceño al ver a Liam, que me dedicó una sonrisa.

—¡Rojiza! —Me abrazó. Vio que estaba desconcertada—. ¡Ah, Sandra! No se te ocurra enfadarte ni nada, no hemos hecho ningún trío... Se ha echado novia y se han pasado un momento para saludarme. —Reí y me sentí aliviada—. ¿Qué querías?

—Pues, um... Tengo una amiga y me ha invitado a un bar y... ummm... me preguntaba si querrías venir conmi...

—¡Pues claro, muchacha! —Me abrazó—. Esto parece una cita —sonrió e hizo que me ruborizara.

—Entonces es una cita doble. —Se le cambió la cara.

—Bueno, pero estaré contigo —dijo entrando a su casa—. ¿A qué hora?

—Pásate a recogerme a las nueve.

—¡Vale, nos vemos! —Cerró la puerta.

El plan comenzaba oficialmente.

«Toc, toc, toc», llamaron a la puerta. Me arreglé por última vez el pelo y abrí. Vi a un sonriente Liam Garrido vestido con su camiseta de Vans, los pantalones caídos y sus típicas zapatillas. Llevaba el pelo hacia arriba, como a mí me gustaba. Estaba muy guapo, hay que reconocerlo. Se acercó y me abrazó. Recosté mi cabeza en su pecho y olí su aroma: colonia de hombre mezclada con champú. Seguro que se acababa de duchar...

—Estás muy guapa —me susurró al oído.

—Tú también.

Al separarnos, besó mi mejilla. ¿Por qué estaba tan cariñoso conmigo?

—¿Vamos? —asentí.

LIAM

Sénder cogió mi mano y bajamos las escaleras. Iba con un vestido blanco con un lazo detrás, tacones del mismo color y otro lazo, más pequeño, en la cabeza. Era elegante, pero no muy formal. Me preguntaba cómo era antes de venir a Madrid, ya que, como me dijo ella, dio un cambio brutal al venir aquí. Tampoco entendía el hecho del bullying, ¿quién se podía meter con una chica tan tierna como Sénder? Me encogí de hombros mentalmente y me prometí que, si ella permanecía a mi lado, nunca más sufriría.

Salimos a la calle.

—¿Dónde vamos? —pregunté mosqueado.

—No te lo diré. —Me sacó la lengua.

Resoplé.

—¿Ni una pista? —supliqué como un niño pequeño.

Pareció pensárselo, negó con la cabeza, y se paró en seco sonriendo.

—Es aquí. —Me señaló un cartel en el que ponía «Bar Regina».

Entramos y ella buscó con la mirada a alguien. Cuando encontró a la persona o personas correspondientes, corrió hacia ellas dándoles un gran abrazo. Me quedé allí quieto, pero Sénder hizo un gesto para que fuera. Los tres se sentaron, para después fijar la vista en mí, esperando que repitiera su gesto. Me senté sonriendo, pero la cara me cambió al ver a Kira allí.

—¡Kira!

—¡Lemon! —dijimos a la vez y nos abrazamos.

Las chicas rieron y nosotros las miramos extrañados.

—¿Lo sabías? —preguntó mi antiguo amigo.

—¿El qué? ¿Que os conocíais? ¡Pues claro! Planeamos esto para ver vuestras reacciones —respondió Sénder, y volvieron a reír.

—¿Cuánto hace que no nos vemos? —Ignoré a las chicas.

—Buf… ¿Ocho meses? —asentí—. ¡Madre mía! Por cierto, Lemon, ella es Estel, mi novia.

Me fijé en ella, morena de ojos castaños y con camiseta amarilla de tirantes con tonos naranjas, pero la mesa me impedía ver el resto de su atuendo. Sonreí y le tendí la mano.

—Encantado, puedes llamarme Lemon o Liam. —Ella me estrechó la mano.

—Igualmente, debo decirte que soy una gran fan tuya —me sonrió.

—¿Eres criaturita del señor? —le pregunté.

—*Sep,* pero no tanto como Sénder, a ella le encantas, ¿verdad? —Miró a su amiga.

Rojiza estaba bebiendo y lo que dijo su amiga hizo que se atragantara. Ahogué una risa y vi cómo se sonrojaba.

—Eh… —me miró de reojo—. Sí… Su… supongo… No sé… —Esa timidez del primer día volvía, y la encontré muy adorable.

—Uy, muchachita, no me habías dicho esto. —Me acerqué a ella haciendo que le ardieran las mejillas aún más—. Pues ya sabes, esta noche… —Toqué mis pezones y todos rieron.

—Sí, sí, eso querrías tú. —Ya volvía a ser la Sénder de siempre, y sonreí.

Vino el camarero y pedimos nuestra comida. Estuvimos hablando mucho, conociendo más gustos de Rojiza, como, por ejemplo, que adora dibujar. Por lo que había dicho Estel, dibujaba muy bien, pero Sénder lo negaba. Me gustaría ver algún dibujo suyo.

—¿Y cómo os conocisteis? —pregunté.

—Pues… —empezó a decir Sénder—. Hace unas semanas, en una discoteca. Sénder estaba llorando por su amiga, y Sam y yo decidimos ayudarla.

—¡Tel! —se quejó Rojiza por haberme contado la verdad.

Estel era muy sincera. Me extrañé, pero seguro que fue el día en que vino su amiga Jenni. Ahora entendía por qué no la encontré. ¿Por qué estaría llorando?

—Oh… —me limité a decir.

—Y tú, Liam, ¿tienes novia? —preguntó Estel.

Me puse un poco nervioso, aunque no sabía por qué.

—No —dije de forma seca sin darle importancia.

La pareja se miró de forma cómplice.

—¿Y te gusta alguien? —preguntó Tel.

Ahora me pasó igual que a Sénder, pero, en vez de atragantarme con la bebida, lo hice con la comida.

—¿Liam? —Sénder golpeó mi espalda unas cuantas veces, flojito—. ¿Estás mejor?

—Sí, sí, ya está. Puta mierda de comida. —La aparté un poco de mí, haciendo un gesto exagerado, y se rieron.

Para mi mala suerte, el camarero se acercó a nosotros.

—¿Le sucede algo, señor? —me preguntó amable mirando la comida.

—Oh, no se preocupe. —Se fue.

Los tres estallaron a carcajadas, mientras yo sonreía al notar que se habían olvidado de la pregunta que me habían hecho antes.

—Uy, Lemon, tienes una sonrisa en la cara y creo que sé por qué… ¡No pienses que me he olvidado de la pregunta! ¡Respóndenos! —exclamaba Estel acusándome con el dedo.

—¡Lees mi mente! —Imité el cuadro de *El grito*.

Sénder rio a carcajadas. La miré e intenté contener la risa, aunque no podía, era muy mona. ¿Pero qué podía decir? Bah, la verdad.

—¡Usted! —me llamó la atención la cabezota de Tel—, ¿te gusta alguien?

—¿Por qué tanta insistencia en esta pregunta? —pregunté serio.

La pareja se volvió a mirar y Kira dijo:

—Ya sabes cómo son las amigas mujeres, siempre quieren ayudar —me sonrió.

—Oh, en ese caso… Sénder y yo… —Sénder me golpeó el brazo y apoyó su cabeza en mi hombro.

Acaricié su pelo levemente, pero paré de hacerlo de inmediato. ¡Parecíamos una pareja! Sénder dejó de apoyarse en mí y me miró confundida.

—Yo puedo confesar quién me gusta —soltó Estel. Estaba mirando a su amado fijamente—. Se llama Sam, más conocido como Kira664. —Mi amigo sonrió y besó los labios de Estel—. Te amo.

—Yo también, pequeña. —Volvió a besarla con más pasión.

Miré de reojo a Sénder, que los observaba con una sonrisa en la cara. Le di un codazo y me miró. Me acerqué a su oído.

—Creo que ahora tendremos sesión de besitos —le susurré, y ella rio.

—Yo también pienso lo mismo, irlandés —me contestó.

Me incorporé a la silla volviendo la mirada a los tortolitos. Estuvieron 5 minutos de reloj con besitos y caricias. Bostecé y no aguanté más, me levanté y cogí la mano de Rojiza. Casi se cae, pero la cogí por la cintura y me sonrió. Salimos fuera, sin ir muy lejos del local. Aún teníamos las manos entrelazadas.

—¿Por qué nos hemos ido así? —me preguntó.

—Esos dos tenían un rato más de darse mimitos. ¿Querías quedarte allí? Porque yo me frustraba de pensar que no tengo novia. —Hice una mueca.

Ella rio.

—Será que no tienes pretendientas. —Me sacó la lengua.

—Lo sé, pero yo solo quiero a una. —Sénder me miró confundida—. ¿Vamos al Retiro? —desvié el tema.

Rojiza miró su reloj de pulsera.

—¿A estas horas? ¡Son las doce pasadas! —se quejó.

—¿Y? —le sonreí.

—Está bien… ¿Los avisamos? —Señaló el bar.

—Nah, envíales un mensaje.

Asintió y, cogidos de la mano, fuimos caminando bajo la luz de la luna. ¡Qué cursi suena eso!

Después de unos minutos caminando, llegamos. Nos sentamos alrededor de una fuente muy grande. A Rojiza se le iluminó la cara. Tenía la mirada en el cielo, pero la mía estaba clavada en ella. Veía su perfil perfectamente esculpido. Esos ojos verdes, iluminados por la luna, en los que te podías perder, esa nariz pequeñita, pero perfecta, que la hacía adorable y esos labios delgados que te volvían loco solo por quererlos besar. ¡Por Dios, Liam! ¿Qué estás diciendo? Sacudí la cabeza para sacarme esos pensamientos. Tenía más que claro que no quería enamorarme.

—¿Tengo algo en la cara? —Sénder me miró sonriendo, mostrándome sus blancos dientes.

—Eh… eh… —Mierda, me puse colorado. Espera, ¿yo ruborizado? Lemon, creo que la comida no te ha sentado bien—. No. Me gustan tus ojos. —Ahora ella se sonrojó. Pero ¿por qué coño he dicho eso?

—Mi madre dice que tú y yo los tenemos del mismo color. —Señaló mis ojos—. Pero no lo sé.

—Puede, pero los tuyos son más bonitos —sonreí.

SÉNDER

¿Pero qué le pasaba a Lemon hoy? ¡Estaba muy dulce! Desde que me acarició el pelo durante la cena, estaba nerviosa. Y, cuando me cogió la mano, las mejillas me ardían…

—Gracias —le respondí tímida. Miré la fuente y me levanté corriendo hacia ella—. ¡Mira! Se ve la luna en el reflejo del agua —le grité, haciendo un gesto para que viniera.

Se acercó lentamente.

—¡Es precioso! —me dijo poniéndose a mi lado.

Miré sus ojos, que observaban la fuente. Eran muy verdes, eran maravillosos. Él se giró hacia mí, quedándonos uno en frente del otro. Debía subir mucho la cabeza para mirarle, pues me sacaba al menos veinte centímetros. No podíamos parar de mirarnos, era un momento mágico. Colocó un mechón rebelde que estaba por mi cara detrás de mi oreja. Acarició mi cara con una suavidad increíble, como si me fuera a romper. Tocó cada parte de mi rostro, hasta que llegó a mis labios. Mis mejillas estaban rojísimas, como de costumbre.

—No voy a delinear tus labios con mi dedo —dijo con una sonrisa torcida en la cara.

No entendí lo que dijo; en cambio, se acercó peligrosamente a mí, muy despacio. Se agachó un poco para llegar a mi altura. Noté que su respiración chocaba contra mis labios. Me estaba poniendo cada vez más nerviosa.

—Hoy es luna llena y quiero que sea un día especial. —Estaba muy cerca de mis labios.

Tragué saliva. Hizo un movimiento y nos besamos. Pero nos dimos la espalda rápidamente cuando sonó mi móvil. En mi cabeza solo estaba la idea de matar a la persona que llamaba. Noté como Liam murmuraba cosas, y reí un poco. Sabía que estaba roja, pero no me importaba. Cogí el teléfono y miré para ver quién interrumpía nuestro momento: mi madre.

—¿Qué quieres? —Estaba un poco molesta.

Noté unos llantos detrás de la línea.

—¿Mamá? —pregunté ahora asustada.

—Hija, ven rápido, por favor... —Estaba llorando.

—¿Mamá? ¡Dime qué pasa!

Hubo silencio.

—¡Mamá, por favor! —grité desesperada.

Liam se puso delante de mí, preocupado.

—Tú padre… Está en el hospital —dijo finalmente.

Parecía que me hubieran clavado una estaca en el corazón. Creía que, al venir a Madrid, las cosas cambiarían y toda mi familia, incluyéndome a mí, sería feliz con la nueva vida. Pero no, me había traído mi mala suerte a la nueva ciudad… En solo un mes y medio, mi padre estaba en el hospital.

—¿Hija?

—Mamá…, ¿qué ha pasado? ¿En qué hospital está? —Lemon oyó la palabra «hospital» y me miró con tristeza.

—Le han atropellado, Sénder. Pero no es muy grave, se ha roto unas costillas, pero no se teme por su vida… El Hospital Rey Juan Carlos. Ven tan rápido como puedas —colgó.

Liam se puso de rodillas en el suelo como yo. Sin darme cuenta, estaba llorando. Me abrazó sin que yo se lo hubiera pedido. Me sentía protegida entre sus brazos.

Le conté lo ocurrido y fuimos al hospital. Mi madre, mientras estábamos en el taxi, me había enviado el número de la habitación, así que nos dirigimos allí directamente. La vi allí, en el pasillo, sentada en una de las sillas.

—¡Mamá! —Fui corriendo a abrazarla, dejando a Lemon detrás de mí—. ¿Cómo está? —Sus ojos estaban llenos de lágrimas.

—Bien, ahora bien. Le han operado, ya que una costilla se le clavó en el pulmón, pero está mejor. Está dormido y las próximas 24 horas han de ser cruciales para su evolución —suspiró—. Los médicos dicen que no es muy grave.

Sonreí un poco aliviada.

—Eso está bien —le dije, y mi madre empezó a llorar—. ¿Qué te pasa? —Ella se sentó en la misma silla de antes y me arrodillé para llegar a su altura.

—Sénder… Yo he visto… cuando lo atropellaban… Esa escena se me quedará grabada… ¡PARA SIEMPRE! —Estaba sollozando. Volví a abrazarla.

—¿Cómo pasó? —le pregunté acariciando su pelo.

Respiró hondo.

—Tu padre y yo fuimos a cenar... —rio triste al recordarlo—. Al terminar, me propuso ir a la bolera, fuimos a cruzar un paso de cebra y... —sus lágrimas caían— un coche le arrolló a gran velocidad. Lo vi, Sénder, vi como su cuerpo sin fuerza volaba hasta caer.

Me separé de ella. Mi familia siempre ha sido bastante dramática, pero mi madre, especialmente, es muy sensible.

—Mamá, ya pasó, ¿sí? —Besé su frente.

Liam se acercó a nosotras, y le sonreí cuando se sentó al lado de mi madre.

—Lo siento mucho —dijo.

—Gracias —agradeció mi madre forzando una sonrisa.

Me senté al lado de Lemon y me hizo un gesto para que me apoyara en él, y así lo hice. No recuerdo cómo, ni cuándo, pero me quedé dormida. Noté unas sacudidas y me desperté. Me froté los ojos y al abrirlos me topé con la cara de mi ídolo.

—Rojiza, el médico nos ha dicho que ya podemos entrar a ver a tu padre —me sonrió, con esa sonrisa que me volvía loca. Me sonrojé sin motivo y él lo notó, por eso rio—. ¿Por qué te pones colorada? —Acarició mi mejilla y me levanté de golpe.

—No lo sé. ¿Entras conmigo? —le supliqué.

—Está bien, muchacha. —Me cogió de la mano.

Entramos y vi a mi padre mirarme atentamente. Me solté de la mano de Liam y corrí a abrazarlo. Él se quejó un poco, porque le hice daño, pero rio. Se me caían lágrimas de felicidad.

—Me alegro tanto de que estés bien... —Mi padre me limpió las lágrimas.

—No te iba a dejar tan joven —sonrió. Luego miró a Lemon—. Liam, ven. —Y él se acercó—. Quiero que me prometas algo —asintió—, si algún día falto...

—¡Papá! —le interrumpí.

—Shhh —me hizo callar—. Déjame continuar con lo que decía... Si algún día me muero, quiero que cuides de mi hija.

—¡Eh! Que yo sé cuidarme sola —me quejé, sonrojándome. ¿Veis lo que os digo de los dramatismos?

—Sí, claro, no sabes ni poner una lavadora —soltó mi madre. Todos rieron y me hice la ofendida.

—¿Qué dices, Liam? —insistió mi padre.

Él sonrió.

—Eso lo tenía planeado antes de que usted me lo dijese. —La sangre subía por mis mejillas.

Me miró, pero rápidamente apartó su mirada, creo que se puso rojo. Sonreí para mis adentros y mis impulsos hicieron que lo abrazara. Él se sorprendió, pero luego me correspondió el abrazo.

—¿Ya sois pareja? —Nos separamos rápidamente por la pregunta de mi madre, la cotilla.

—¡No! —chillé rojísima y ella bajó la cabeza con tristeza.

—Tranquila, cariño, no tardarán. —Le acarició el brazo mi padre.

Miré a Liam, que se estaba rascando la cabeza.

—Anda, vamos —le dije para sacarlo de allí.

Salimos de la habitación y comenzó a bromear.

—¡Basta! —dije entre risas—. ¡Deja de hacerme cosquillas!

—No hasta que confieses que te has comido mi chocolate —rio maléficamente. No estaba de humor. Al haber visto a mi padre hospitalizado, no tenía muchas ganas de bromas—. Oye, no estés triste —me dijo—. ¡Shiquilla, que vuehtro padre ehtá bien! —imitaba uno de esos acentos extraños de los suyos, pero no reí, ni tampoco dije nada—. ¿Rojiza? —Lo miré—. ¡Oh, vamos! ¿Qué debo hacer para que sonrías? —Me encogí de hombros—. ¡Ya sé! —Tiró de mi brazo hacia él y le miré raro, haciéndole soltar una carcajada—. Vamos a mi casa.

Llegamos a su casa, no sin antes pasar por mi piso para ducharme y cambiarme de ropa. Entramos y noté que Miral no estaba. Nos dirigimos hacia la cocina.

—Aquí tengo algo que seguro que te gustará. —Abrió la nevera, sacó algo y adiviné qué era—. ¡CHOCOLATE! —gritó, y se me iluminó la cara.

Literalmente, me abalancé para coger el chocolate, pero él fue más rápido y levantó la mano. No llegaba, obviamente, me sacaba una cabeza y media por lo menos. Le puse ojos de cachorrito y se rio. Necesitaba chocolate en ese mismo momento. Era cuestión de vida o muerte. Así que, como sabía que no me lo daría, di un salto sobre él, rodeándole con las piernas su cintura, y puse una mano en su hombro, mientras que con la otra intentaba coger esa comida tan deseable. Él reía cada vez más por mi reacción. Al ver que no llegaba, intenté «escalar» un poco, pero Liam me cargó en su hombro. Pataleaba y le daba pequeños golpecitos en la espalda, pero sin querer hacerle daño. De repente, se puso en movimiento, pero no podía ver dónde me llevaba. Escuché el sonido de una puerta abriéndose, y deduje que era su habitación. En un momento, me tiró sobre su cama, yo estaba debajo, y él encima de mí, apoyando todo su peso en sus brazos. Nos mirábamos a los ojos atentamente, podía pasarme horas mirándolos, ese verde oscuro me tenía loca. Noté que mi estómago pedía comida, así que lo aparté. Nos quedamos sentados los dos. Él me miraba, pero yo mantenía la vista en el chocolate. Mi estómago rugió y Liam se rio, ¡qué vergüenza!

—Voy al baño —me informó.

—Pero primero dame el chocolate —le pedí.

—Está bien, muchacha, pero voy a partirte un trozo para ti y otro para mí. —Y así lo hizo. Me dio el trocito y dejó el suyo encima de la mesita—. No lo toques —me advirtió.

Asentí y se fue al cuarto de baño. No me pude resistir y me comí el chocolate.

—¡Ja, ja, ja! ¡Esta será mi venganza por cargarme en tu hombro! —dije en voz alta.

En un visto y no visto, su trozo de chocolate negro desapareció: me lo comí. ¿Qué clase de chico me da solo una pizca de mi comida favorita? Entró por la puerta sonriente, pero la cara se le cambió al ver que le faltaba su trozo de chocolate. Reí flojito y se acercó a mí. Me recostó en la cama y acercó su cara, quedándonos a milímetros. Me ruboricé por la cercanía. Su nariz rozó la mía y… No paraba de reírme. ¡El muy perro me estaba haciendo cosquillas!

—¡Vale, vale! —No podía parar de reír—. ¡He sido yo! —confesé.

Él paró, sonrió y volvió a hacerme cosquillas. Empecé a gritar y él se reía a carcajadas.

—¡Ahhhh, Liam, paaaaaara! ¡Ya he confesado!

No sé ni cómo lo hice, pero me quedé encima de él, riendo.

—Soy tuyo —dijo alzando y bajando las cejas con cara de acosador.

—¡Pervertido! —reímos.

Paramos y, todavía en la misma posición, me miró fijamente y me acarició la mejilla.

—Me gusta cuando te ríes… —confesó.

Noté que mis mejillas me quemaban. Rio levemente. Sin pensarlo dos veces, le robé un beso. Él abrió los ojos como platos, pero sonrió mientras se lo daba. Fue un beso de «siempre he querido hacer esto». Nos separamos lentamente, mirándonos, y nos sentamos. Se mordió el labio inferior y atacó mis labios. Este fue un beso más pasional. Su lengua pidió pasar a mi cavidad bucal y entreabrí mi boca, dejando que nuestras lenguas empezaran una lucha que no terminaba. Nos separamos para coger aire, pero volvimos a besarnos. Desde el primer momento supe que sus labios eran adictivos. Quería que este momento no terminara nunca.

—Rojiza…

A partir de ahí, todo fue a más: besos y caricias… Quería más de él.

—He estado esperando este momento mucho tiempo, Liam… —le susurré entre besos.

—Yo también…

—¿Estás seguro de que quieres que lo hagamos? —pregunté mirándolo fijamente.

—Más que nunca —sonrió.

Nos volvimos a besar mientras nos tumbábamos en su cama. Yo estaba otra vez encima de él y, mientras le agarraba de la camiseta, él me iba quitando la mía hasta que me quedé en sujetador. Después, le quité la suya, y quedó al descubierto su pecho. No dejábamos de besarnos, pero me levanté un momento para quitarme los pantalones y él se quitó los suyos desde la cama. Me coloqué encima de él, pero por poco tiempo, ya que enseguida me dio la vuelta y, esta vez, se puso sobre mí. Estábamos en ropa interior hasta que nos deshicimos totalmente de la ropa y nos quedamos desnudos. Mientras nos besábamos, nos reíamos. ¡Era increíble estar con Liam así! Llevaba mucho tiempo queriendo hacerlo con él. Cuando me besaba, me acariciaba el pelo, y yo el suyo. Enredé mi pierna alrededor de su cintura y asentí con la cabeza. Abrió el cajón de su mesita y se colocó el preservativo, y en unos segundos lo noté dentro de mí, una y otra vez, mientras nos besábamos. No podía estar mejor, era una sensación increíble cuando estaba con él. Volvimos a girarnos y de nuevo yo estaba arriba. Cada vez íbamos más rápido y cambiábamos de postura, hasta que llegamos al orgasmo, y entonces paramos. Me tumbé a su lado mientras me tapaba con la sábana y me acariciaba el pelo de nuevo.

—¿Estás bien?

—Sí —le sonreí.

Apoyé mi cabeza en su pecho desnudo y él me abrazó por la espalda. Una sonrisa apareció en mi rostro al pensar en lo que acabábamos de hacer tan solo unos minutos antes. Me sentí genial y cómoda con él: me sentí querida por una vez en mucho tiempo. Me quedé completamente dormida.

LIAM

Simplemente, no sabía lo que acababa de pasar. Sí, lo sé, lo hicimos y fue la primera vez que disfrutaba tanto... Noté que su respiración se calmó. Estaba dormida, bueno, no lo sabía muy bien, por eso le pregunté.

—¿Rojiza? —le susurré.

No obtuve respuesta. Intenté dormirme como ella, pero estaba nervioso, muy ruborizado, y las mejillas me ardían a más no poder.

—Lemon... —Me asusté, pero era Sénder. Hablaba dormida, ¡qué mona!—: Te quiero tanto que duele no tenerte... —Una lágrima brotó de uno de sus ojos, cayendo en mi pecho.

¿Ella me quería? ¿Quería a alguien como yo? «He estado esperando este momento mucho tiempo, Liam...», recordé lo que dijo. ¿Será verdad o solo lo dijo porque quería hacerlo? Nunca lo sabré. Solo pensé en lo que acababa de decir y me formulé una pregunta: «¿La quiero?». No, yo no podía enamorarme, nunca lo he hecho y no lo haré.

SÉNDER

What about love, de Austin Mahone. ¿Estaba soñando con esa canción? No. Me di cuenta de que mi móvil estaba sonando. Parpadeé unas cuantas veces para acostumbrarme a la luz que había en la habitación. Un momento, esa NO era mi habitación. «Es la de Liam, boba», dijo mi subconsciente. ¿Y qué hacía yo en su cuarto? Y, al verme desnuda con una sábana cubriéndome, lo recordé todo, con rubor en la cara. Miré por toda la habitación y Lemon no estaba, supuse que estaría duchándose o en la cocina. El teléfono volvió a sonar y lo cogí. Era mamá.

—¿Mmmm? —Froté mis ojos con sueño.

—¡SÉNDER CAPDEVILA ROSÍ! —gritó mientras yo me apartaba el móvil de la oreja—. ¿¡DÓNDE ESTÁS!?

«Mierda, no los avisé de que no iba a dormir».

—Mamá, lo siento, estoy... Mmm... En casa de Tel —mentí—. Me quedé a dormir porque salimos de fiesta y... ¡de la borrachera me quedé completamente dormida y no me acordé de llamarte!

—Oh... Vale, esta te la perdono, pero en veinte minutos quiero verte en el hospital —dijo con su tono de voz normal.

—¡Vale! Te quiero.

—Yo también, hija —colgamos.

Con vergüenza, salí de la cama envuelta con las sábanas y recogí mi ropa. Cerré la puerta de la habitación y me cambié. Cuando terminé, abrí la puerta y vi a Liam acercándose con una sonrisa, pero pronto le desapareció al verme.

—¿No te alegras de verme? —Me crucé de brazos refunfuñando. La sonrisa se le volvió a formar en el rostro.

—No es eso, es que te traía el desayuno para que lo comieras en la cama —dijo señalando lo que traía en una bandeja. Había cereales y leche, con una manzana. Le sonreí—. Pero como ahora me has visto, no te puedo dar la sorpresa —hizo un puchero y reí mientras me acercaba a él.

Cogí sus mejillas y se las pellizqué, acercando mi cara y quedando a pocos centímetros para besarlo. Pero me separé rápidamente. ¿Qué estaba haciendo? Sénder, tú y él no sois NADA, lo que pasó fue... una cosa espontánea, y punto.

Desayuné con Lemon y todo fueron risas, ya que en la tele echaban *Modern Family*.

—Liam, debo irme al hospital... Mi madre me dijo que en veinte minutos hace más de media hora, así que llego tarde. —Me levanté de la silla.

—Yo te llevo.

—Pero es que le he dicho que estaba en casa de Estel...

—Diremos que nos hemos encontrado por el camino —sonrió.

—Vale, pero date prisa —dije mirando el reloj.

En diez minutos llegamos a la habitación de mi padre, pero no estaba.

—¿Y papá? —le pregunté a mi madre, que estaba recostada en una silla.

—Han ido a hacerle unas pruebas. —Se acercó a mí para besar mi mejilla—. Has llegado veinte minutos tarde.

—Lo siento, es que nos hemos encontrado y... —señalé a Lemon— insistió en traerme.

—Oh, en ese caso no te preocupes —dijo sonriente. Esperamos a que mi padre llegase, y así lo hizo. Por lo que parecía, en una semana ya le darían el alta, simplemente habían sido unas pequeñas fracturas. Lemon y yo decidimos ir a tomar algo a la cafetería, así que bajamos. Pedimos un cruasán y un café, y buscamos una mesa. Al poco rato de sentarnos, recibí un wasap.

Estel: «¿Podéis venir Lemon y tú al aeropuerto en una hora?».

Miré a Liam desconcertada mientras él comía. Me miró raro.

—¿Qué pasa? —Le entregué mi móvil para que leyera—. Mmmm shí, sha veo que ehta se va del país, mmm... —dijo rascándose la barbilla, haciendo que soltara una carcajada.

—Tenemos que ir ya, el aeropuerto está lejos —le dije.

—Déjame terminar este delicioso bollito...

—Está bien —resoplé.

Cuando terminó, nos despedimos de mis padres y cogimos el coche.

—¡Estel! —exclamé al ver a mi amiga.

Nos abrazamos y noté cómo empezaba a llorar. Cogí sus mejillas y se las acaricié con la mano.

—No llores, Tel... ¿Qué te pasa? —pregunté preocupada.

—Él es lo que me pasa —señaló a Sam, que estaba en la zona de embarque sentado.

Miré a Liam, como señal de que fuera a hablar con Kira, y lo captó.

LIAM

Sénder me miró para que fuera a hablar con Kira y lo capté. Me acerqué a él y me senté a su lado. Tenía la vista fija en el suelo y no la levantaba. Di dos toques en su hombro y me miró triste.

—¿Estás bien?

En su cara se formó una sonrisa torcida y volvió a mirar al suelo.

—No —dijo seco.

Una voz anunció los vuelos que estaban a punto de despegar.

—Ya es la hora —se levantó.

¿Qué está pasando? ¡No entendía nada!

Estel se acercó a él con los ojos llorosos y lo besó con mucha fuerza.

—Tranquila, mi amor, solo son dos semanas... —le dijo Sam secándole las lágrimas.

—Lo sé, pero es mucho tiempo sin ti... Pásatelo muy bien en L.A. —le suplicó.

Por lo que parecía, Kira se iba dos semanas a Estados Unidos y Estel lloraba porque lo echaría de menos. Un poco ridículo, pero muy romántico, ojalá alguien lo hiciera por mí…

—Ya… Es mucho tiempo, pero debo irme ahora…

—Te quiero tanto que me duele verte ir… —le contestó Tel.

«Te quiero tanto que duele…», escuché y, automáticamente, pensé en Rojiza. Ella dijo lo mismo. El corazón me dio un vuelco y la miré. Estaba sonriendo por la escena de los dos tortolitos.

SÉNDER

—Se ha ido porque un amigo le ha invitado —dijo Tel—. Luzu, me parece que se llama… —Dio un bocado a su dónut.

Poco después de que Sam se fuera, decidimos quedarnos en la cafetería del aeropuerto, bueno, más bien, nos lo suplicó Estel, pues estaba muerta de hambre, y con el dónut no había tenido suficiente.

—¡Adoro a LuzuVlogs! —solté, y miré a Lemon.

—He tenido ocasión de conocerlo y…

—¿¡LO HAS CONOCIDO!? —le interrumpí—. ¡Ahhhhhh, preséntamelo, porfaaa! —Puse las manos en forma de súplica.

—Cuando vayamos a Los Ángeles, muchacha —acarició mi mejilla y me sonrojé.

—Ahhhhh, ¿ehtuiad juetun? —preguntó Estel con la boca llena de dónut.

Liam y yo nos reímos, no entendimos nada.

—¿Por qué os reís? —Ahora ya hablaba normal.

—Porque no hemos entendido nada —contestó Liam. Ella rio sarcástica.

—Digo que si estáis juntos.

Me ruboricé y miré a Liam, que también estaba rojo, y supongo que pensaba en lo de ayer.

—¡NO! —contestamos a la vez.

—Oish, vale, vale. —Cerró los ojos—. Pero lo estaréis —sonrió.

Y no sé si fue el destino o casualidad, pero la canción *Live while we're young* nos sacó de ese aprieto. Estel y yo nos miramos con la cara iluminada y empezamos a cantar.

—*Hey, girl, I'm waiting on you, I'm waiting on you, come on and let me sneak you out and have a celebration, a celebration. The music up, the windows down* —empezamos con la parte de Liam.

[...]

—*And live while we're young* —Zayn terminó esa perfecta canción.

Mi amiga y yo reíamos a carcajadas por lo que acababa de pasar. Era genial tener una amiga *directioner*, ella me comprendía, no como Jenni, que decía que me distraían de los estudios, y parecía mi madre... Tel me hizo una seña para que mirara a Lemon, y así lo hice. Estaba tapándose la cara con las manos y negando con la cabeza, parecía sentir vergüenza ajena por nosotras. Volvimos a reír.

—Lemon, ¡que no ha sido para tanto! —le grité al oído y él dio un respingo.

—No vuelvas a hacerlo —dijo muy muy muy lento para que lo entendiera mientras me acusaba con el dedo. Parecía molesto.

—Perdón. —Agaché la cabeza arrepentida.

—Debería ser actor, te has creído que estaba enfadado. —Lo volví a mirar y mostraba una sonrisa.

—Idiota. —Me crucé de brazos mirando hacia el lado opuesto.

—Pero me quieres —terminó él.

«Más de lo que tú crees», me dije.

—Solo un *pocito* —reí, pues estaba segura de que él no sabía lo que era la última palabra. Estel, que también lo pilló, rio a carcajadas, dejando a Liam más confuso.

—¿Pocito? ¿Pozo pequeño? —Eso nos hizo reír más.

Limpié mis lágrimas por la risa, y finalmente pude hablar.

—Cosas de *directioner*s, no las entenderías... —Guiñé el ojo a Estel.

—Buff, ¡acabaré harto de tantas «direcciones»! —exclamó él poniendo las manos en alto.

—Corrección, *directioner*s —le corrigió Tel con un perfecto acento inglés.

Liam le dedicó una mirada con resentimiento y las dos volvimos a reír.

Decidimos ir al centro de Madrid para ver tiendas.

—¡No! ¡ No hace falta que me lleves!

—Rojiza, ¡por Dios! Vivimos en el mismo bloque, ¿por qué no puedo llevarte a casa?

—Porque quiero hacer una cosa... —Le saqué la lengua.

—Bueno, parejita, debo irme a comprar un regalo para mi madre, que mañana es su cumple —dijo Estel, y nos dio dos besos a cada uno—. Sénder, te veo el lunes —gritó cuando estaba a unos metros de distancia.

—¡Adiós, Tel! ¡Te quiero! —Le lancé un beso y ella sonrió. Giré sobre mis talones para mirar a mi youtuber favorito—. Yo también me voy. —Iba a besarle en la mejilla, pero hizo lo mismo que días antes, se giró y rozamos nuestros labios.

Sonrió victorioso y yo entrecerré mis ojos, con un leve sonrojo en las mejillas.

—Te llevo a casa.

—*Nop* —le contesté.

—Que sí. —Empezó a caminar, pero yo me quedé quieta. Se dio cuenta de que no le seguía y se dio la vuelta para mirarme—. ¿Por qué no vienes?

—No quiero que me lleves, Lemon… —suspiré.

—¿No quieres ir conmigo? —se hizo el ofendido.

—Es que…

—¿Qué es lo que vas a hacer? —preguntó acercándose peligrosamente a mis labios.

—Eh… Eh… ¡No te importa! —le dije dando un paso atrás—. Adiós, ¡nos vemos! —me despedí corriendo.

Seguí corriendo hasta que supe que no me estaba siguiendo. Paré y me senté en un banco para recuperar la respiración.

—¿Sénder?

LIAM

—¿Qué es lo que vas a hacer? —pregunté acercándome peligrosamente a sus labios.

—Eh… Eh… ¡No te importa! —me dijo dando un paso atrás—. Adiós, ¡nos vemos! —se despidió corriendo.

Yendo a escondidas, la seguí y la vi sentada en un banco, recuperando la respiración. Vi a un hombre que se le acercaba, estaba de espaldas, y no supe reconocer quién era. Hablaban animadamente, Sénder le dio un abrazo y se puso muy contenta. No podía escuchar su conversación, pues estaba lejos. Rojiza cogió la mano de ese hombre y este se dio la vuelta: era Lino. Se me cayó el mundo a los pies. Estaban con las manos cogidas y sonriendo todo el rato. ¿Serían novios? Ella me dijo que solo eran amigos. ¿Me mintió? ¿Se gustan? ¿Por qué mierdas van juntos? ¡Todas estas preguntas rondaban por mi cabeza! ¿Estaba celoso? No, claro que no. Empezaron a caminar y entraron en El Corte Inglés. Los seguí hasta que llegaron a una sección llena de gorras de *skaters*. Se pararon allí y empezaron a analizarlas, mientras se las probaban y reían. Me rendí, esos dos tenían algo, de eso estaba seguro. Decidí irme a casa y en menos de quince minutos llegué. Entré en mi cuarto cerrando la puerta de un portazo y me tumbé en la cama, con la almohada en mi cara. Estaba deprimido y decepcionado, pero con razón, Sénder me gustaba y por eso me sentía así. Después de pensarlo unos minutos con mi gata Blueberry encima de mí, grabé un *gameplay* para despejarme un poco. Llamé a Álex y a Miral para hacer unos *Juegos del Hambre* en *Minecraft* y ellos aceptaron encantados. Simplemente, quería olvidar esa escena de Sénder y Lino juntos.

SÉNDER

Llegué a casa agotada. ¡Había recorrido todo el centro de Madrid! Por suerte, me encontré con Lino y no fue tan aburrido. Vi que mi madre no estaba en casa, así que supuse que estaría en el hospital. El reloj marcaba las ocho. Dejé el regalo que había comprado y me estiré en mi cama, con el portátil encima de mí. Primero entré en YouTube y vi que Lemon había subido un *gameplay*. Lo miré y me fijé en que le pasaba algo, no hacía las mismas bromas de siempre, no era el de siempre. Entré en Twitter y vi que la gente opinaba lo mismo que yo, a Lemon le pasaba algo. Le envié un mensaje privado.

«¿Te pasa algo? No pareces tú en el vídeo… :(».

No obtuve respuesta, pero vi que estaba conectado, pues estaba escribiendo tuits. ¿Acaso me estaba ignorando? ¿No veía el mensaje? Esperé más, pero ni caso. Envié un mensaje a Miral, que también estaba tuiteando a sus fans.

«¿Qué le pasa a Liam? ¡Me está ignorando!».

Al rato, me contestó:

«Yo también lo he notado extraño, pero no me quiere hablar, no sé qué hacer :(».

«¿Quieres que vaya a vuestra casa?».

«Vale, pero no llames al timbre, te estaré esperando y te abriré para que no se dé cuenta».

«Okiiis».

La conversación terminó. Cogí la bolsa en la que estaba el regalo y bajé las escaleras, viendo a Miral en su piso con una sonrisa.

—Ehtá en su habitación —me informó entre susurros.

Levanté el pulgar para decirle que le había oído. De puntillas, llegué a su cuarto. Respiré hondo y llamé a la puerta.

—Ahora no, Miral, no quiero hablar. —Se escuchó en el interior.

Miral, que estaba detrás de mí, le contestó:

—Anda, déjame pasáh, Lemon.

—He dicho que no quiero.

—Pero ¿ehtáh bien?

—Supongo.

Suspiré. ¿Qué le pasaba? Cuando me despedí de él estaba perfectamente. ¿Le habrá molestado que me fuera de esa forma? No creo que le afecte una tontería como esa.

—Vamoh, tío, abre —le pidió el malagueño.

Pocos segundos después, se escucharon quejas de la gata Blueberry y unos pasos. El pomo de la puerta se abría lentamente. Sus ojos estaban rojos. ¿Había llorado? Levantó la mirada y se topó con la mía, quedando sorprendido y cerrándome la puerta de nuevo. Comencé a llamar a la puerta.

—¡Liam, ábreme! —Sin respuesta—. ¡LIAM!

Intenté abrir la puerta, pero él la estaba bloqueando.

—Lemon, por favor… —Apoyé la cabeza en la puerta.

—Eh muh' difícil habláh' con él cuando ehtá así —me dijo Miral y se fue a su cuarto.

Suspiré fuerte y me senté en el suelo con la puerta a mi espalda.

—Solo dime, ¿por qué no quieres hablar?

Minutos de silencio.

—¿Li...?

—Porque no quiero —me interrumpió—, y menos contigo. —Eso me hizo daño.

—¿No confías en mí? —dije sin que se notara que la voz se me quebraba.

—Exacto —confirmó—. Vete, a ti es a quien menos quiero ver.

Las lágrimas salieron solas. ¿No quería verme? ¿Qué había hecho? Me levanté bruscamente y tiré el regalo en el suelo.

—¡Eres un idiota! —grité y me fui corriendo hacia la puerta.

LIAM

—¡Eres un idiota! —me gritó y oí cómo se iba. Sabía que había llorado.

Abrí la puerta y vi una bolsa blanca en el suelo. La cogí y volví a encerrarme. Me senté en la cama, inspeccionando lo que había dejado. Lo abrí con sumo cuidado y encontré una carta:

> ¡Leeeeeemon! Hoy hace tres meses que nos conocemos, ¡tres meses! Muchas gracias por todo, en serio, me has ayudado muchísimo. Por eso he querido comprarte un regalo, con ayuda de Lino, que me encontré por la calle.
>
> Te quiere,
> Sénder.

Dejé la carta encima la cama y abrí el regalo: una gorra de color gris con cuadraditos azules y unas letras de *Minecraft* bordadas. Era la gorra perfecta.

—¿Qué coño has hecho, Liam? —Me llevé las manos a la cabeza.

Lo estropeé todo, ella me compró un regalo con la ayuda de Lino, pero mis celos me cegaron e hicieron que pensara mal. Sí, mis celos. Lo reconozco, estoy enamorado de Sénder, pero ahora le había hecho daño. Le había dicho que no la quería ver. ¿Qué clase de persona soy?

SÉNDER

«A ti es a quien menos quiero ver». Esa frase era la única que pasaba por mi mente. ¿Qué le había hecho para que me dijera eso? Allí estaba yo, en la esquina de mi habitación, con la cabeza en las rodillas, llorando y sin entender sus palabras. Volví a sentirme una mierda, y que no servía para nada. Él era el hombre al que más quería, simplemente lo amaba, y gracias a él había afrontado mi timidez. Pero esta volvió, mi timidez solo desaparecía cuando él estaba conmigo. Si no, esa magia que él me transmitía se desvanecía. Seguro que si Jenni estuviera aquí, me levantaría el ánimo diciendo: «¿Lloras por un hombre? Esos no se merecen ni una de las lágrimas que derramas», o algo parecido. La echaba de menos, mucho; aunque Estel era muy buena amiga, conozco desde hace más tiempo a Jenni. Pero me traicionó, estaba saliendo con Robert, el chico que me insultaba. De repente, todos los recuerdos del colegio volvieron de nuevo a mi cabeza y el llanto que había guardado esos días salió. Todo lo que olvidé gracias a Liam había vuelto. Sentía demasiado dolor en mi pecho, no podía cargar con todo. Me quedé dormida, por fin, con las lágrimas saliendo de mis ojos. Mañana empezaría un nuevo día.

El domingo había pasado rápido. No salí de casa e ignoré las llamadas de Miral y Lemon. Mis padres no estaban, pues después de haber estado unos días en el hospital decidieron aprovechar y pasar el domingo los dos juntos fuera, así que yo me pasé el día viendo la tele, sin pensar demasiado. Ahora ya era lunes, día de clase. A las siete, como cada mañana, sonaba el dichoso despertador. Me levanté con sueño para ducharme. Cogí la ropa de mi armario, unos shorts de color azul marino con una camiseta suelta blanca. Salí de mi cuarto ya cambiada y fui hacia el comedor, donde estaban mis padres.

—Buenos días, bella durmiente —me saludó mi padre.

—Hola —dije secamente. Mi humor estaba por los suelos.

Mis padres se miraron extrañados.

—¿Estás bien? —preguntó mi madre acercándose a mí con cara de preocupación.

—Mejor que nunca —mentí y cogí una tostada.

—¿Segura?

—¡Que sí, joder! —exclamé furiosa.

—Pues no lo parece —soltó mi padre.

—Puede parecerlo o no, pero si digo que estoy bien, estoy bien, y punto.

No quería que me interrogaran más, así que cogí mis cosas y decidí esperar a Estel abajo. «A ti es a quien menos...», sacudí la cabeza para no pensar en esa frase ni en él, pero de repente me di cuenta de que Liam estaba delante de mí, hablando con un chico. Se despidió de él y me vio. Se acercó a mí, como mi madre, con expresión preocupada.

—Rojiza... Yo... —Agachó la cabeza y cogió mi mano entre las suyas.

Me solté de forma brusca.

—Vete —le dije fríamente.

Al ver que no se movía, empecé a caminar, mientras él continuó en la misma posición. Noté cómo sus ojos estaban clavados en mí, pero no me giré.

—¡Sénder! ¡¡¡¡Sénder!!!! —Alguien gritaba mi nombre mientras corría.

No me giré, Lemon aún estaba allí.

—Gracias por esperarme. —Estel me fulminó con la mirada al llegar a mi lado.

Yo seguía con la vista al frente y no dije nada.

—¿Sénder? —Pasó su mano por mi cara y la miré—. ¿Qué te pasa?

—Nada.

—¿Segura?

—¡Que sí! —grité—. ¿¡Por qué todo el puto mundo me pregunta lo mismo!? —Y salí corriendo dejando atrás a mi amiga.

Solo quería estar sola. Nadie podía comprenderme, nadie. Tampoco quería compartir mis sentimientos porque no quería dar pena. Odio que se preocupen por mí, ya lo hicieron cuando pasó todo lo del bullying y no quiero que más gente sufra por lo que me pase. Llegué a la universidad con la respiración acelerada por la carrera. Faltaban diez minutos para que abriera, así que me senté en un banco del parque para recuperarme.

—Hola. —Noté que alguien se sentaba a mi lado.

—Ho... hola —tartamudeé un poco por la sorpresa. ¡Era Nacho, el de GAME!

Por si fuera poco, Nacho se acercó y me besó en la mejilla.

Me quedé perpleja. ¿Qué acababa de pasar?

—¿Por qué has hecho eso? —le pregunté.

—Estás triste. —Me abrazó y me dio calidez y seguridad. Al separarnos dijo—: Creo que esto es lo mínimo que puede hacer un hombre al ver a una mujer así.

Una sonrisa tímida se dibujó en mis labios, sin mostrar los dientes.

—Eres bonita cuando sonríes. —Acarició mis labios.

¿Este chico estaba ligando conmigo o me lo parecía a mí? Me sonrojé. Aunque éramos amigos, nunca jamás me había tratado así en la tienda. Claro, que yo en la tienda intentaba ser profesional y no mostrar mi corazón roto a los clientes.

—Gracias…

—De nada —sonrió mostrando sus hermosos y peculiares dientes. Tenía uno un poco torcido, pero no se notaba mucho. Volvió a abrazarme y le correspondí—. Sea lo que sea lo que te preocupe, todo saldrá bien, recuérdalo.

Nos separamos y puso un mechón de mi pelo detrás de mi oreja.

—No creo que se arregle… —suspiré.

—¿Por qué no? ¿Ves el futuro? —preguntó sonriendo. Dios, ese chico era un amor. Negué con la cabeza—. ¿Entonces cómo puedes saberlo? ¡Ya sé! ¡Eres adivina! —exclamó fingiendo estar sorprendido.

Reí tímidamente. Era la primera persona en estos últimos días que me hacía reír. El ánimo se me subió un poco.

—No lo soy, simplemente soy una idio… —No me dejó terminar, su dedo índice tapó mis labios para que no dijera nada.

—No lo digas. Yo, Nacho Sacarías Rodríguez Payne, no te permi… —Ahora le interrumpí yo, poniendo toda mi mano en su boca.

—¿¡PAYNE!? —pregunté sorprendida.

Él rio a carcajadas y lo miré confusa.

—¿*Directioner*? —me preguntó y asentí—. Un gusto, soy el esposo de Liam James Payne. —Volvió a tenderme su mano y se la apreté de nuevo.

Reí. Me lo estaba pasando bien con este chico y me hacía reír, y encima era *directioner*, ¿qué más podía pedir?

—Ah, yo soy la novia de Louis Tomlinson —reímos. Y caí en una cosa, ¿esposo?—. ¿Eres...?

—¿Gay? —asintió—. Sí, y orgulloso de serlo —sonrió.

—¡Guay! —dije y volvió a reír—. Creo que nos llevaremos muy bien, señorito Payne.

—Yo también lo creo, Mrs. Tomlinson —le sonreí—. Pero ahora debemos aplazar el tema de conversación para otro momento y debemos entrar. —Señaló a la universidad.

—Sí, mejor —reí y él me cogió la mano con toda la confianza del mundo.

Parecía que de repente fuéramos amigos de toda la vida y eso me gustaba.

A primera hora me tocaba con Estel. Entré y vi que ella ya estaba sentada. «Debes disculparte», pedía mi vocecita interior. Me senté a su lado sin decir nada, ella ni me miró. Seguro que estaba molesta por dejarla plantada. Miré su perfil, que observaba el frente y, al ver que no me hacía caso, le golpeé el brazo un poco.

—¿Qué? —me preguntó muy borde.

—Oish, vale. —Me hice la ofendida—. Yo solo quería disculparme por lo de antes, me porté fatal.

Abrió los ojos como platos. Sí, por el poco tiempo que nos conocíamos, ella sabía que yo era una orgullosa, así que también sabía que el orgullo me lo estaba tragando para pedirle disculpas.

—¿Me perdonas? —Abrí los brazos para que me abrazara.

Me miró durante unos instantes, sin expresión alguna.

—Claro. —Y me abrazó—. Dime una cosa: ¿te ha tocado la lotería?

Reímos.

—¿Por qué lo dices? —pregunté.

—Esta mañana estabas como un fantasma y mírate ahora. —Paró un instante y me miró sorprendida—. ¿¡Es que te ha tocado!?

—No, tonta, no —reí—. Simplemente, me han levantado el ánimo.

—¿Quién?

—Nacho Sacarías Rodríguez Payne —imité el mismo tono de voz que mi redescubierto compañero de trabajo.

—¿¡Payne!? —reaccionó igual que yo antes, y me reí.

—Sí, es esposo de nuestro Liam. Yo, por otro lado, soy la novia de Louis —dije con un tono superior.

—Claro, y yo soy la amante de Horan, no te jode… —nos reímos—. ¿Pero qué digo? ¡Pues claro que lo soy!

—¿Y quién es su novia, entonces? —pregunté con lágrimas provocadas por la risa.

—¿No es obvio? ¡La comida! —Volvimos a reír a carcajadas.

—¿Y qué pasa con Sam?

—Que le den —resopló y yo reí—. Nah, lo amo demasiado. No lo dejaría nunca, pero fantasear un poco es bueno, ¿no? —Me guiñó el ojo y asentí.

El profesor llegó y las clases transcurrieron con pesadez. En la hora del almuerzo, presenté a Estel y Nacho. Conectaron enseguida, como yo. Sabíamos que tendríamos una gran amistad en un futuro no muy lejano. Mis dos amigos me acompañaron hacia casa.

—¡Adiós, Sénder! —se despidió Tel.

—*See you*, Horan —le dije, y ella sonrió.

—Adiós, bonita. —Nacho besó mi mejilla.

—*Bye!* —Lo abracé.

Esperé a que mis amigos estuvieran a unos metros de distancia y entré en el portal, encontrándome con la persona a la que menos quería ver: Lemon.

Intenté ignorarlo por completo, simplemente estaba dispuesta a subir por las escaleras, pero su voz me hizo parar.

—¿No subes en el ascensor?

Yo, que estaba de espaldas a él, giré sobre mis talones y fingí una sonrisa.

—No, ya no voy a molestarte más. —Y me subí por las escaleras.

Entré en mi casa, fui directa a mi cuarto y me puse a hacer los deberes.

LIAM

—No, ya no voy a molestarte más. —Dicho esto, subió.

Me sentía mal. Le había hecho mucho daño con solo unas palabras. Soy el chico más imbécil que puede haber en este mundo. ¿Quién le dice algo así a la chica que quiere? Pues yo, Liam Garrido, ¿quién si no?

Entré en mi piso, rendido.

—Lemon —gritó mi mejor amigo desde su habitación.

—¿Qué quieres, Miral? —le dije apoyándome en el marco de la puerta.

—Pueh' que no sé… —Estaba con el ordenador y me miró a mí—. ¿¡Pero qué ta' pasao'!? —Se levantó y empezó a tocarme la cara.

—Nada, ¿por? —lo separé de mí.

—¿Tas' vihto? ¡Pareceh' un zombi viviente! —reí un poco—. Tú siempre ehtáh' con una sonrisa y hoy se ha dehvanecío'.

—No es nada, Miral… —suspiré.

Frunció el ceño.

—Anda, siéntate en mi cama, pero no hagah' nah raro, ¿eh? —Me senté—. Bufff, ehtáh tan raro… ¡Ni te hah' reío'! Deja, voy a llamá' a Sénder para que te anime… —Iba a coger el teléfono, pero se lo impedí.

—Ella no quiere verme —agaché la cabeza.

Me levantó el mentón con su mano para que lo mirase.

—¿Eh' por ella que ehtáh' así? —preguntó—. ¿Qué pasó? ¿Por eso no cogía las llamadas?

—Eso creo... Le hice daño, Miral, y me siento muy mal... ¿Desde cuándo estoy así de mal?

—Lemon, de verdá' te afecta ehto... Cuéntame toh'.

Y así hice.

—¿¡Pero tú ehtáh tonto!? —me gritó—. ¿Cómo le puedeh' desí' eso por loh' celos? —Negó con la cabeza—. Pobre Sénder, pobre... —susurró lo último para sí mismo, pero lo escuché.

—Muy bien, Miral, no te lo he contado para que me insultes, porque ya lo sé, quiero que me digas cómo puedo solucionarlo...

Se me quedó mirando sorprendido.

—¿Qué? —pregunté.

—¿Acaso te importa tanto? —Asentí—. Lemon, ¿la quiereh?

Me sonrojé. ¿Yo sonrojado? ¿HOLA? Me estaba volviendo muy... ¿cursi?

—¡Poh Dioooooooooooooooooh! ¡Liam ehtá enamorado! —empezó a gritar por la casa, recorriéndola y fingiendo celebrar una fiesta.

—Oye, ¡baja la voz! —le golpeé la cabeza suavemente.

—Nunca habría disho' eso de ti —me sonrió y yo también lo hice.

—Yo tampoco...

—Venga —dio pequeños golpecitos en mi hombro—, ahora a conquihtarla. —Me levantó el pulgar como afirmación.

—Vamos —sonreí y fuimos a planear algo.

SÉNDER

¡Dos horas de tarea y por fin había terminado! Me estiré en la silla y bostecé. Era increíble que los primeros días ya te pusieran unos deberes con los que podías pasarte horas, pero claro, Sénder, ¡estás en la universidad!

—Sénder, vamos a comprar, en media hora volvemos —anunció mi madre.

—Vale. —Besé su mejilla y me estiré en la cama.

Poco después, oí que la puerta se cerraba. Sin saber cómo, me quedé dormida:

«Una gran fuente decoraba ese parque. Era de noche, solo las luces iluminaban ese lugar, dejando un color azulado. Los árboles hacían ese parque mágico, como sacado de un cuento de hadas.

—¿Preparada? —Me giré y vi a Liam, que tomaba mi mano.

—¿Para qué? —Lo miré extrañada.

—Para emprender un camino juntos. —Se acercaba a mí con gran rapidez y…».

Me desperté. Alguien estaba tirando piedrecitas a mi ventana, y ese alguien debía de tener puntería, pues vivía en un cuarto piso. Me miré en el espejo y noté que tenía un poco corrido el rímel, así que me lo quité con el dedo. Bostecé y abrí la ventana. Para mi desgracia, una piedra lanzada justo al momento de abrir me golpeó la frente. Miré abajo, cabreada, pensando que eran unos niños. Iba a gritarles un par de cosas, pero me callé al ver a Liam y a Miral allí abajo con una sonrisa. Miral traía una cámara y me estaba grabando. Detrás de ellos, había otros dos chicos con guitarras conectadas a amplificadores, ¡en el medio de la calle! Miré a Lemon, que tenía un micrófono y no me quitaba la mirada de encima.

—Rojiza, yo solo quiero que me perdones. —Negué con la cabeza.

—No puedo perdonarte así como así… —dije, pero, al estar a tanta distancia, no me escuchó.

—Me imagino lo que has dicho, por eso voy a intentar que me perdones… —Indicó a los guitarristas que empezaran—. Sé que canto mal, pero no quiero que te enfades conmigo…

Y empezó a cantar. Mis lágrimas salían de la emoción al saber que canción era…

—*Don't try to make me stay or ask if I'm okay…*

Cantó la canción entera, *Irresistible*, y yo solo lloraba.

—¿Rojiza? —Me miró para que dijera algo.

Lo miré y me metí en casa, cerrando la ventana.

LIAM

Entró y cerró la ventana. Miré al suelo decepcionado, creía que esto funcionaría, que me perdonaría, pero he hecho que llorara más. Acabo de ser un estúpido, cantándole a una mujer que está enfadada conmigo. ¿El amor te hace hacer estupideces? Sí, señoras y señores, así es.

—Bueno, al menos lo he intentado, ¿no? —reí irónico.

Miral se acercó y me abrazó. Le correspondí el abrazo.

—Hay máh' muheré' que se mueren por tenerte, Lemon' —me dijo al separarnos.

—Pero será difícil olvidarme de ella… —suspiré.

—Yo no estaría tan seguro de olvidarla… —dijo uno de los guitarristas. Lo miré sin entender y él me hizo una señal para que mirara atrás.

Solo al girarme un poco, alguien se me echó encima. Una chica pequeñita, de pelo rojo. Sonreí abrazándola, apoyando mi mentón en su cabeza. Ella sollozaba y la miré. Tenía las manos tapándose los ojos. Se me rompió el corazón viéndola así. Me agaché hasta llegar a su altura y, con cuidado, le quité las manos de la cara. Sus ojos verdes estaban cristalizados.

—No llores, princesa —le dije secándole las lágrimas.

Sin decir nada, ella me abrazó por el cuello, dejándome más que sorprendido.

—Gracias, Liam, simplemente gracias —susurró a mi oído.

Estuvimos unos segundos así y se soltó. Volví a mi altura y la despeiné. Ella tenía las mejillas rojas, igual que la nariz, ¿podía ser más mona?

—¿Por qué te importaba tanto que estuviera enfadada? —Me miró directamente a los ojos.

—Porque eres lo más importante para mí. —Besé su frente y la arrastré hasta mis brazos—. ¿Me perdonas?

—¿Después de cantarme una canción de mi grupo favorito? Claro, Liam. Ha sido maravilloso que hayas hecho eso... —sollozó—. Es la primera vez que alguien se toma tantas molestias por mí.

Se volvió a tapar la cara.

—No es una molestia si lo hago por ti... —Me dejó ver su rostro y sonreí—. No sabes lo estúpidos que fueron esos chicos por no ver tu preciosa personalidad y tu gran corazón.

Se volvió a ruborizar. No dijo nada.

—¿Ya estás mejor? —pregunté al ver que no lloraba más. Asintió con la cabeza—. ¿Vamos?

—¿Dónde? —preguntó.

—Es una sorpresa. —Le tendí la mano y la aceptó.

Sabía que Miral había grabado todo eso, pero no era capaz de subirlo a la red, él no era así.

SÉNDER

Caminamos durante unos minutos hasta llegar a un gran parque. El reloj que allí había marcaba las diez; mis padres seguro que ya habían vuelto, pero me daba igual. La luna y las farolas iluminaban todo el lugar. Una fuente llamaba mi atención, era muy grande. Los árboles hacían que todo pareciera mágico. Era como en mi sueño…

—¿Te gusta? —me preguntó sonriente, y yo asentí con la cabeza—. Vamos a sentarnos.

Nos sentamos en el banco más cercano a la fuente. Liam suspiró y se estiró, apoyando su cabeza en mi regazo. Lo miré sorprendida y él rio, pero enseguida cambió su expresión por una más seria.

—Rojiza… De veras que no quería decirte eso… —Tapó sus ojos con su brazo—. Simplemente estaba cabreado.

—¿Por qué?

Tragó saliva y se calló. Un impulso en mí hizo que le empezara a acariciar el pelo. Era suave, muy suave, y bonito.

—Estaba celoso… —confesó avergonzado. Abrí los ojos al máximo, pero él no me veía, seguía con el rostro tapado.

—¿De qui…?

—De Lino —me interrumpió—. Te diviertes más con él que conmigo, se nota en tus ojos, lo miras distinto… —Se sentó en el banco, mirando al suelo—. ¿Te gusta? —me dijo mirándome a los ojos, sin esperanza.

¿Estaba celoso de él? ¿Acaso yo le gustaba? ¿Por qué…?

—No —me sinceré.

Él pareció respirar aliviado.

—¿Por qué tienes celos de Lino? ¿Solo por mí? —pregunté curiosa.

Volvió a desviar la mirada.

—Porque tú eres mi Rojiza… —dijo tímido. Mi corazón empezó a acelerarse y mis mejillas ardían. Cogió aire y me miró, cogiéndome las manos—. Te quiero, Sénder. Simplemente, me enamoraste el primer día con tu manera de ser y de proteger a tus ídolos. Prefieres que te insulten a ti que a ellos, y eso me sorprendió. Los días que no me hablabas parecía que me faltara algo, y ese algo eras tú. No quería reconocer que te quería, hasta que te dije que no quería verte. Reflexioné mucho y al final lo descubrí... No te pido que me quieras, porque nunca te fijarías en alguien como yo, pero...

Fue interrumpido por mi beso. Ataqué sus labios con desesperación. ¿Yo le gustaba? Pues sí, ¿increíble, no? Esto es una declaración en toda regla. Chocamos nuestras frentes, mirándonos con una sonrisa.

—¿Que no me fijaría en ti? ¡Liam, por Dios! Eres mi ídolo y siempre lo serás. Estoy enamorada de ti desde hace más de un año y solo te veía a través del ordenador, pero en estos tres meses me he dado cuenta que este amor no es solo idolatrado, es amor verdadero... Y ahora que me has cantado y te has declarado, simplemente soy más que feliz... Te quiero, Liam.

Lo volví a besar y él sonrió en el beso.

—Me alegra escuchar eso, muchachita —reí y me abrazó.

Nos separamos y sonreímos felices. Apoyé mi cabeza en su hombro y él puso su mano encima de la mía. Ese era el mejor momento de mi vida y deseaba con toda mi alma que no terminara nunca.

—¿¡QUÉ!?

—¡Estel, no alces la voz! —le dijo avergonzada.

—Lo siento, pero... ¡SE TE DECLARÓ LEMON! —Unas chicas que pasaban por allí se miraron y Tel se tapó la boca—. Perdón.

Decidí contarle lo sucedido a mi amiga a la hora del almuerzo, pero fue mala idea, pues no paraba de gritar.

—¿Qué os pasa, chicas? —Nacho estaba detrás de nosotras.

—Ven. —Tel lo cogió y se fueron a un rincón.

La veía emocionarse y dar brincos, él estaba sonriente. Se pasaron quince minutos así, mientras yo estaba comiendo. Por fin se decidieron a volver y Nacho me abrazó.

—Me alegro.

—Gracias —me ruboricé.

Seguro que mi amiga se lo contó TODO. La quería matar, pero la quería igual.

—¿Pero dónde me llevas?

—Es una sorpresa —respondió Liam.

Tenía los ojos vendados y él me llevaba a «no sé dónde». Imaginadme a mí por la calle, con los ojos tapados, y que un chico alto que me saca cabeza y media me estuviera abrazando y ayudándome a caminar para que no me cayera. Supongo que la gente nos miraba raro, pero me daba igual, estando con él no me importaba hacer el ridículo.

—¡Llegamos! —Me destapó los ojos.

Estábamos delante de un parque de atracciones. Seguro que en aquel momento tenía cara de niña pequeña… ¡Hacía millones de años que no entraba en uno! Cogí la mano de Liam y me dirigí hacia la entrada. Teníamos dos horas para divertirnos. Compramos las entradas, bueno, Lemon compró las entradas, pues no me dejó pagar el mío, y entramos. Mi emoción se notaba a kilómetros, y estaba sonriendo mirando a todas partes. Lemon me cogió la mano y me mostró su sonrisa.

LIAM

Decidí llevarla allí porque quería que se divirtiera y que no pensara en su pasado. Creo que lo he hecho bien, tiene una sonrisa en la cara. Después de tanto mirarla, por fin decidió en qué montarse primero: la montaña rusa. Nos pusimos en la cola y ella estaba ansiosa, dando saltitos de felicidad. Parecía una niña pequeña y eso me gustaba, me mostraba su lado infantil sin vergüenza alguna.

—¿No estás nervioso? —Me sacó de mis pensamientos.

—Pueh' la verdah eh que no. —Me rasqué la barbilla haciendo ese acento característico. Rio y eso me encantaba.

—Yo sí, hacía muchos años que no venía a un parque de atracciones... —suspiró—. Gracias, Lemon. —Besó mi mejilla y me quedé anonado por tanta dulzura—. Venga, que avanzamos. —Me arrastró volviendo a este mundo.

Pasamos las dos horas yendo de una atracción a otra. Me lo pasé muy bien y me divertí mucho, pero lo que más me gustó fue verla tan feliz; nunca la había visto así, y me prometí a mí mismo hacerla disfrutar siempre.

Cogidos de la mano, caminábamos por un callejón de Madrid. Era de noche y las luces iluminaban el camino. Me paré en seco, y ella me miró frunciendo el ceño.

—¿Qué te pasa?

—Tengo un regalo para mi novia.

Ella se echó para atrás, no comprendí por qué.

—¿Rojiza? —le pregunté preocupado.

—¿Tienes una novia...? ¿¡Y te declaraste a mí!? —Se estaba poniendo nerviosa. ¿Qué decía?—. Liam, nos contamos lo que sentimos el uno por el otro, ¡Y TÚ TIENES NOVIA! —Estaba a punto de llorar.

La abracé fuerte, ella quería deshacerse de mí, pero no podía y se rindió.

—Mi novia es bajita, le saco más de una cabeza, tiene el pelo rojo como Charmander y los ojos verdes. Se llama Sénder, pero es mi Rojiza —cogí sus hombros y la aparté ligeramente de mí para mirarla, estaba sonrojada—, y la quiero mucho.

—¿Tu novia tiene cinco años menos que tú? —preguntó tímida y sonreí.

—Sí, pero la edad no me importa. —La besé—. Te quiero, Rojiza.

—Y yo a ti.

SÉNDER

Ya habían pasado tres meses desde que Lemon y yo estábamos saliendo. Fueron los tres meses más felices de mi vida, nunca me había reído tanto con una persona. Mi relación con Estel se afianzó, se convirtió en mi mejor amiga, igual que Nacho, mi *directioner boy* favorito, el señorito Payne. Miral también se convirtió en un gran amigo, cogimos mucha confianza en muy poco tiempo. Mis padres ya sabían lo de Liam y lo mío, decían que desde el primer momento que nos vieron juntos sabían que «había química entre nosotros dos», cosas de padres. Dani y Jenni no volvieron a aparecer en mi vida, ni una llamada, ni un mensaje, aunque no les echaba en falta, no voy a mentir. Toda la timidez que tenía desapareció gracias a mis nuevos amigos y a mi nueva vida, ya no era la típica chica rarita a la que insultaban, no, ahora era mucho más sociable y gracias a eso conseguí más amigos en la universidad. Era feliz y vi que mudarme a Madrid había sido lo mejor que me había pasado en la vida.

Estaba tumbada en mi cuarto escuchando música y dibujando mis cosas, un poco rayada. Eran las vacaciones de invierno y todos mis amigos se habían ido fuera de Madrid: Estel, a su pueblo natal, Nacho, a Irlanda con una familia, y Lemon y Miral, a Málaga. ¿Qué podía hacer yo todas estas Navidades? Aunque tenía varios proyectos de diseño interesantes a medias, los echaba de menos. Suspiré y me senté en la cama mirando por la ventana. Mi madre entró en mi cuarto, pero no la oí, ya que tenía la música a tope. Me tocó el hombro y me asusté un poco, quitándome los auriculares.

—Tienes una carta —me informó ella.

—¿De quién? —pregunté con la esperanza que fuera de Tel, Nacho o Lemon y Miral.

—No creo que te guste mucho… —Dejó el sobre y se marchó.

Puse el móvil en la mesita de noche y cogí esa carta. Miré el remitente: «Escola de Vallbona». ¿Una carta de mi antiguo colegio? Me encogí de hombros mentalmente y lo abrí. Empecé a leer (la carta estaba en catalán):

«Querida exalumna de la Escola de Vallbona, nos gustaría que asistieses al 50 aniversario de la construcción de esta escuela. Se reunirán alumnos actuales, los de la primera promoción y los últimos alumnos que han salido del colegio. Nos encantaría que asistierais, tenemos sorpresas para todo el mundo. La celebración será el próximo día 1 de enero y se puede traer acompañante.

Atentamente,
la Dirección».

Mi corazón se encogió… Si iba, volvería a ver a todos esos compañeros que me insultaban. ¿Y si volvían a hacerlo? ¿Y si me ridiculizaban delante de todo el mundo? Volvería a ver a Jenni y a Dani; de hecho, una parte de mí quería arreglarlo con ellos, pero tenía miedo de que estuvieran enfadados y me rechazaran.

Dejé mis pensamientos a un lado y cogí el teléfono, que estaba sonando. En la pantalla salía el nombre del hombre que quería. Sonreí un poco y descolgué.

—Hola, Rojiza —me saludó.

—Hola —respondí seca, ¿acaso me afectó lo de la carta?

—¿¡A que no sabes qué!? —exclamó, y se le notaba que estaba feliz—, ¡MAÑANA YA TE VEO!

Miré el calendario: hoy era 26 de diciembre. Hacía una semana que se había ido.

—¿En serio? Wiiiii —intenté sonar feliz, pero me salió un gallo y él se rio—. Oye, no te rías.

—Ha sido gracioso, confiésalo.

—Ja, ja, ja —reí sarcásticamente.

—¿Te pasa algo? —me preguntó. Me pilló.

—No, solo que os echo de menos… —mentí y se escuchó un «ahh» de Miral, provocando la risa de Liam—. ¿Miral?

—Nah, ya le echado pah' fuera. Yo también te echo de menos, preciosa, pero mañana ya podré hacerte cosas… —hizo una pausa— sucias.

—¡Pervertido! —reímos los dos—. Voy a cenar, esperaré ansiosa estas horas que quedan para verte. Te quiero.

—Yo también, Rojiza, te veo en unas horas. ¡Y cena bien!

—Sí, yo siempre ceno bien. —Rio—. Adiós.

Los dos colgamos y me fui a cenar. ¿Iré a mi antiguo colegio? ¿Se lo contaré a Lemon? Puede, pero ahora tengo hambre y quiero COMIDA.

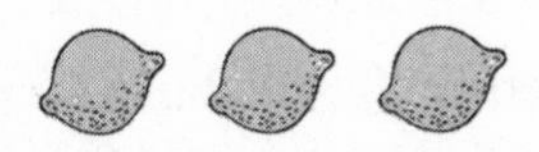

—Vamos, despierta. —Alguien me daba pequeños golpecitos.

Bostecé y me froté los ojos con cansancio. Noté que esa persona se tumbaba a mi lado. Me giré hacia ella sin abrir los ojos.

—Cinco minutos más, mamá… —susurré y rio. Abrí los ojos lentamente y me lo encontré con una sonrisa—. ¿¡LEMON!? —Me levanté de golpe con las mejillas ardiendo.

—Te dije que hoy venía y que me esperaras delante del portal; hasta te he llamado tres veces, pero no respondías y, bueno, como no estabas en el sitio acordado, llamé a tu casa y tu madre me pidió que entrara y te despertara, y aquí estoy. —Besó mi nariz y chocamos nuestras frentes—. No sabes cómo te he echado de menos.

—Y yo a ti —sonreí y le abracé.

Se despegó rápidamente y me sorprendió, levantándose de la cama y dándome la espalda.

—¿Qué pasa?

—Mejor vístete.

Miré mi cuerpo, y me di cuenta de que estaba en ropa interior. Solté un chillido después de ruborizarme, y me tapé con las sábanas.

—Mejor me voy. —Se fue riendo.

Suspiré y empecé a vestirme. En cinco minutos estaba ya lista y salí cepillándome el pelo.

—Buenos días —saludé haciendo que todos los presentes me miraran.

Liam se acercó a mí y me rodeó por la cintura. Iba a besarme, pero mi madre nos interrumpió:

—Siento romper este momento tan romántico, pero el desayuno está listo.

Los dos reímos, dejé el cepillo en una mesita y le cogí la mano. Nos sentamos a la mesa y empezamos a servirnos lo que queríamos. Ninguno pronunció ni una palabra, pues se notaba que todos teníamos hambre.

—¿Se lo has dicho? —Miré a mi padre, que señalaba a Liam.

Lo miré extrañada, no sabía de qué hablaba.

—La carta... Ya sabes —me ayudó él.

—Ah... No —negué.

—¿El qué? —me preguntó mi novio. ¡Qué bien sonaba!, novio.

—Nada...

Me miró dejando su plato a un lado.

—Rojiza... —Alzó sus cejas.

—Vale, luego te lo cuento —suspiré.

—Usté' me ehtá dando largah' —dijo, haciéndome reír.

—No, te juro que después te lo cuento —le sonreí y él hizo lo mismo.

Seguimos con nuestra comida, sin decir nada, pero no era un silencio incómodo.

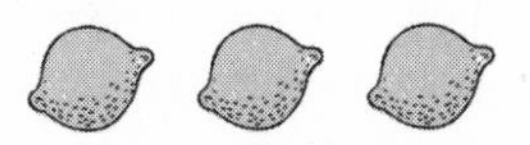

—Tienes que contarme —me replicó mientras abría la puerta de su piso.

Pasamos al comedor y nos encontramos a Miral y a otro youtuber jugando en el sofá. ¿Cómo sabía que era un youtuber si no le conocía? Sencillo, había visto algunos vídeos suyos.

—¡Sénder! —Se levantó y me abrazó.

—Hey, Miral, ¿cómo te fue por Málaga?

—Muh' bonito toh', la próxima vez debeh' ir tú también —dijo sonriente.

—Sería un placer. —Le devolví la sonrisa.

—¿Así que tú eres la famosa novia de Lemon? —interrumpió el chico, analizando cada parte de mi cuerpo. Me sentía un poco intimidada y me sonrojé. En los últimos meses había seguido yendo al gimnasio, y aunque no tenía un cuerpo diez, ya me sentía cómoda con mi figura. Incluso así, a veces aún me parecía extraño que los chicos me miraran.

—Eso creo... —conseguí decir.

Los tres rieron y yo los miré.

—¿No sabes si eres su novia, Rojiza? —Rio más fuerte.

—Bueno... —Estaba como un tomate. Me aclaré la garganta—. Volveré a empezar... Sí, soy su novia, encantada, Willy. —Nos dimos las manos.

—Lo mismo digo, Rojiza. —Sonrió.

—¡EH! —gritó Lemon poniéndose delante de mí, acusando a Willy con el dedo—. Nadie le dice Rojiza excepto yo. —Estaba furioso—. ¿Está claro?

—Lo siento… —Se rascó la cabeza—. Clarísimo…

—Perfecto —le sonrió—. Ahora vamos a mi habitación.

Me quedé perpleja. Vaya bipolaridad tenía, ¿no? Me arrastró hasta su cuarto y me pidió que me sentara en su mesa, y yo obedecí. Él se sentó en la silla, mirándome.

—Ya puedes empezar —dijo serio.

—¿Qué? —Parecía mi padre hablando como si entendiera algo.

—La carta, ¿qué tenías que decirme?

Tragué saliva, ¿en serio debía contarle todo ahora?

—¿Hace falta? —Fingí una sonrisa.

—Sí. —Se levantó y se puso a mi lado. Me acarició el brazo—. Adelante, cuéntame.

No tuve más remedio que explicarle todo lo de la carta, hasta se la dejé leer. Cuando terminó, me miró con pena.

—¿Irás?

—Eso es lo que me estoy planteando… —Miré mis manos, que estaban entrelazadas—. Hay una parte en mí que quiere ir para que todos vean mi cambio, pero, por otra parte, tengo miedo. —Mis ojos empezaban a humedecerse y Lemon lo notó, y me abrazó.

—¿A qué tienes miedo?

—A que me vuelvan a criticar y a ridiculizarme… —Una lágrima cayó.

—No lo harán si yo estoy contigo. —Le miré y estaba sonriendo con pena.

—¿Irías conmigo? —pregunté sorprendida.

—Claro. —Rozó mi rostro con su mano—. Si me lo pidieses iría contigo a donde fuera. —Sonrió otra vez.

—Gracias, pero eso sería pedirte muc…

—¡No! —me interrumpió y se levantó, quedando en frente de mí de pie. Me sentía como una enanita a su lado—. No sería ninguna molestia. Quiero saber quién hizo daño a mi Rojiza para partirle la cara. ¿Acaso no vieron lo afectada que estabas? Esos hijos de puta no se merecen nada, por eso les quiero aclarar unas cuantas cositas —dijo decidido—. Además, quiero volver a ver a Dani, tu ex.

Abrí los ojos y también me levanté.

—¿A Dani? ¿Por qué?

—No te lo diré porque te enfadarías… —Hubo una pausa—. Así que…, ¿iremos?

Reí.

—¿Qué pasa? —preguntó él, curioso.

—Que ya te incluyes sin siquiera preguntarme —reí.

—Em… —Se rascó la nuca.

Me acerqué a él y lo abracé por la cintura, como hizo él anteriormente. Él apoyó sus manos en mis caderas. Me miraba con esos ojos tan profundos que te hacían que el resto del mundo desapareciera…

—Entonces, ¿te gustaría venir conmigo a Barcelona? —le pregunté y él sonrió de oreja a oreja, dejándome con una sensación en mi interior de gran satisfacción.

—Dalo por hecho, muchacha.

Su cara se acercó a la mía, con intención de besarme, pero nuestras narices chocaron y estallamos a carcajadas. Luego terminó su objetivo y besó mis labios con necesidad.

—Dos semanas sin besarte es demasiado… —dijo entre besos y sonreí.

—Lo mismo digo —enrollé mis manos en su nuca, acercándolo más.

Las cosas empezaban a subirse de tono, Liam se estaba quitando la camiseta.

—¡Lemon! Esto… —interrumpió Miral.

Nos separamos avergonzados y se puso la camiseta.

—Perdón. —Cerró la puerta riendo.

Los dos nos miramos, sonrojados, y empezamos a reír a carcajadas. Me encantaban esos momentos con él y los guardaba en mi mente, por si algún día esto se acabara poder recordarlos. Le quería demasiado para ser verdad.

Después de la interrupción de Miral, Lemon decidió jugar a un juego. Encendió el ordenador, no sin antes traer una silla del comedor para mí.

—Lo grabaré y lo subiré a YouTube —dijo sonriente.

Cogió la cámara que estaba en el escritorio y la puso sobre la pantalla del ordenador y la enchufó a la torre de este. Recapacité lo que dijo: grabar y subir... Un momento, ¿yo saldría en este vídeo?

Cuando me di cuenta, ya estaba saludando mirando a la cámara:

—Muy buenas, criaturitas del señor —empezó—, hoy estoy con Sénder y vamos a grabar un nuevo episiodio de... —hizo un ruido de tambores con la boca y agitaba sus manos en el aire como si hubiera una batería— *¡SLENDER!* —gritó a pleno pulmón.

—¡Cállate, joputa! —Se escuchó desde el comedor la voz de Miral.

Reí y capté la atención del youtuber que había a mi lado.

—Oh, mira cómo se ríe. —Pellizcó mis mejillas y empezó a tratarme como si fuera un bebé.

—¡Oye! —Di un golpe a su mano para que la apartara—. No soy una niña pequeña. —Fingí mi enojo.

Él rio y se incorporó en la silla, mirando a la pantalla. Suspiró fuertemente y me echó un vistazo rápido, para volver a centrarse donde estaba el título de ese juego escalofriante.

—¿Preparada?

—Supongo... —dije sincera. La verdad es que era muy miedosa, y ese juego no era de mis favoritos para pasar el rato.

En un parpadeo, clicó el botón de «new game». El personaje en primera persona, o sea, nosotros, estaba en lo que parecía un bosque al atardecer. Delante había un coche, y al lado de este, un cartel con un mapa. Lemon iba hablando y describiendo lo que veíamos, lo que era inútil, pues los que veían el vídeo también podían verlo todo, pero no prestaba mucha atención a sus charlas, solo repetía en mi cabeza: «Habrá un susto, habrá un susto, habrá un susto...». Y ¡PAM! Justo en el momento en que no lo pensé, Slender apareció allí delante.

—AHHHHH —gritamos los dos.

Liam, del susto, tiró el teclado y el ratón, quedando colgados por su propio cable. Yo, por otra parte, me caí de la silla, pero no me di cuenta hasta ver a mi novio señalándome y riéndose mucho. Entonces analicé mi situación: la silla estaba tumbada horizontalmente en el suelo, detrás de mí, con una de las patas tocándome la cabeza. Mi cuerpo parecía de contorsionista, una pierna estaba entrelazada con la otra por delante, pero esa tenía la rodilla levantada, en una pose muy rara. Y mis manos estaban en mi cabeza. Lo confieso, esa escena era tan cómica que parecía irreal.

La risa de Liam me hizo volver al mundo. No podía parar, se carcajeaba tanto que le dolía el abdomen y me contagió la risa. Nunca lo había visto reírse así, ni conmigo ni en ninguno de sus vídeos.

—Te voy a grabar... —consiguió decir limpiándose las lágrimas de tanto reír.

Despegó la cámara de su sitio y me enfocó a mí, que estaba riendo como una loca, sin poder deshacerme de esa maldita pose. Después de calmarnos un poco, le pedí:

—Deja de grabarme y ayúdame.

Obedeció dejando la cámara, que aún filmaba, y me ayudó a ponerme de pie. Ahora volvimos a reír sentándonos en nuestras respectivas sillas. Después de colocar correctamente el ratón y el teclado, se acercó a mí y besó mi nariz, y este gesto hizo que me sonrojara hasta las orejas.

—Liam —tartamudeé nerviosa—, se darán cuenta de... —Puso su dedo índice en mis labios pidiendo que callara.

—Siempre se puede cortar esta escena cuando lo edite... —Sonrió y me besó con pasión.

—¡Será idiota! —refunfuñé en mi cuarto tras ver el último vídeo que colgó.

Se veía la escena, cortando justamente un poco antes de nuestro apasionado beso, así que toda la gente ya sabría de nuestra relación. Y, para el colmo, publicó mi cuenta de Twitter y, poco después, mis menciones se llenaron de insultos de sus fans «mojabragas». Era extraño, pero pasé completamente de ellas y sus insultos. Volví a ver el vídeo unas cinco o seis veces y sonreí dulcemente: hacíamos buena pareja. O eso me parecía, pero era feliz por primera vez en muchos años.

—Tienes suerte, yo nunca he salido en un vídeo de Sam, y eso que llevo ya seis meses con él —dijo Tel al otro lado de la línea.

—Pero no te quejes, lo mío fue muy patético —reímos—. ¿¡Tú viste en qué pose estaba!? Fue el ridículo más espantoso que he hecho en toda mi vida... —Estaba avergonzada.

—¡Has salido en YouTube!

—Pero muchos ya saben lo nuestro... No sabes cuántos tuits me llegaron ese día...

—¿Te insultaron? —su tono se volvió grave.

—Sí... Pero no me afectó, en serio.

—Puede que ese día no, pero otro puede que sí... —Era muy protectora conmigo desde que le conté lo del bullying—. Sénder, tengo que dejarte. ¡En una semana nos vemos!

—Wiiiii —me entusiasmé—. Adiós, te quiero.

—Y yo a ti.

Las dos colgamos. Extrañaba mucho a Estel, pero las llamadas y mensajes constantes me ayudaban a no estar tan triste. Hoy era 31 de diciembre, último día del año y Nochevieja. Eran las 9 de la mañana, todavía estaba en la cama, tumbada y despierta. Afuera hacía frío, pero decidí levantarme y vestirme. Esta noche vendrían a cenar unos pocos familiares, a los que hacía décadas que no veía, y luego, antes de las campanadas, había quedado para ir a una fiesta que organizaba Thunder.

Me aseé y cogí lo primero que encontré en el armario: un chándal holgado, como los que llevaba en bachillerato. Me acerqué a saludar a mis padres, que estaban preparando todo para la cena de la noche.

—Buenos días, ¿necesitáis ayuda? —me ofrecí.

Los dos me miraron y mi madre señaló una caja de un metro de alto y de color blanco.

—Pon el árbol, por favor —pidió.

La abrí y, efectivamente, estaba el árbol de Navidad. Empecé a montarlo y a colocarle todas las guirnaldas y luces. Tardé como una hora.

—¿No deberíamos haberlo puesto el 24 de diciembre? —pregunté colocando la estrella.

—No —contestó mi padre—. Ese día no vino nadie, ¿por qué decorar la casa si estábamos los mismos de siempre?

—¿Para dar un poco de espíritu navideño?

Los dos negaron con la cabeza riendo.

—No seas infantil, Sénder.

Bufé ofendida y atendí al teléfono que sonaba. Justo cuando lo descolgué, colgaron, pero pronto volvieron a llamar.

—¿Sí? —pregunté con el auricular en la oreja.

—¿Sénder? —No reconocí esa voz grave.

—Así es, ¿con quién hablo? —Rieron.

—¿No me reconoces?

Intenté recordar esa voz, pero era imposible.

—Lo siento, pero…

—Soy Diego —me interrumpió.

—¡DIEGO! —grité de la emoción.

Diego era mi primo favorito. Hacía 5 años que se fue de Barcelona y se instaló en un pueblecito de Madrid con sus padres (mis tíos). Por aquel entonces teníamos 13 años y él tenía la voz muy aguda, por eso no le había reconocido.

—Muy bien, Sénder, al menos me reconoces por mi nombre…

—¡Te ha cambiado mucho la voz! —me defendí—. ¿Cómo querías que te reconociera?

—Si hubieses llamado alguna vez durante estos años… —se quejó burlón.

—Perdí tu número, Diego. —Hubo una pausa—. Es extraño…

—¿El qué? —preguntó él.

—Hablarte en castellano, siempre lo hacíamos en catalán, ¿recuerdas? Además, tienes un acento muy madrileño —reí.

—Tienes razón, pero ya no hablo catalán con nadie, y el acento me ha desaparecido.

—¡Hala, venga! ¡Sé que estás mintiendo! —repliqué en catalán.

—Sénder, te he dicho que ya no tengo ese acento… —Y tenía razón. Reí.

—Me gusta tu voz, pero esto de no hablar una de tus lenguas maternas se va a acabar…

—Está bien —se rio.

—¿Y qué querías? —preguntó.

—¡Ah, cierto! Que llegaremos antes, ¿os viene bien?

—¡Claro! —dije—. Diego, mis padres me reclaman, te veo luego.

—¡Adiós!

Esta noche vería a mi primo favorito, ¡aaaay! Estaba contenta.

—¡DIEGO! —Me lancé a los brazos de mi primo cuando abrí la puerta y lo vi allí.

Él me correspondió el abrazo, y me alzó del suelo empezando a darme vueltas mientras los dos reíamos.

—¿Cómo está mi mujercita favorita? —dijo ya dejándome en el suelo.

Le di un corto abrazo y un beso en la mejilla.

—Perfectamente, ¿y tú? —le sonreí.

—Ah, qué extraño que digas eso. —Pellizcó mi mejilla—. Siempre decías «aguantando» o cosas así —rio.

—Pues lo digo de verdad, por primera vez estoy perfectamente. Miré el vestido negro de volantes que me había puesto para esta ocasión y me sonrojé un poco, al pensar que este cambio de vida más feliz era gracias a Lemon.

Él me abrazó acariciando mi cabeza.

—¿Pasamos a casa? —Aún estábamos fuera.

—¡Claro! —dije girándome para entrar.

—¡Sénder! —Alguien me llamó y me volteé.

—¡Miraaal! —Corrí y le abracé. Hoy me sentía feliz—. Luego nos vemos, ¿vale? Tengo invitados.

—Ehtá bieeen —dijo rendido y con una sonrisa.

Entramos y esperamos a los demás invitados. Entre ellos estaban: mis tíos Emma y Josep, dos primos más, sin contar a Diego, Sofía y Martí, y por último, mi abuelo (el padre de mi madre). Hacía mucho tiempo que no lo veía, pues aunque vivía en Madrid nunca lo íbamos a visitar por falta de dinero. Solo lo había visto cinco veces contadas en mi vida, pero hablábamos mucho por teléfono y se había ganado mi amor.

Todos los invitados llegaron, y el tiempo iba pasando sin que nos diéramos cuenta. Muchas bromas por parte de mi tío y mi padre hacían esa cena más alegre y agradable. Entre las charlas de mi madre y mi tía sobre mi cambio físico y la moda, estuve entretenida. Y con los comentarios de todos los primos me lo estaba pasando demasiado bien.

—Sénder —me llamó la atención mi madre—, ¿no deberías irte preparando? —Miré el reloj, eran las once.

—Sí —Me levanté de la silla y me dirigí a la habitación.

Esta vez, opté por maquillarme más de lo normal, ya que siempre lo hacía al natural, sin sombras ni nada. Cogí el estuche de maquillaje de mi madre y empecé. Delineé muy bien los ojos, por el párpado inferior y superior, rímel no mucho, colorete, sombra de colores verdes, haciendo un degradado y labios levemente rosados. Me miré en el espejo y sonreí, me veía guapa. Así que dejé el estuche en el sitio correspondiente y volví al comedor, haciendo que todos abrieran la boca. Me sonrojé y mis primos empezaron a silbar. Reí tímidamente.

—¿Con el novio? —preguntó mi abuelo y volví a ruborizarme. Moví los dedos rápidamente, estaba nerviosa—. Eso es un sí. —Y todos rieron.

—¿Y quién es el afortunado? —preguntó Diego, guiñándome un ojo.

—Emm…

—Este de aquí —se apresuró mi madre. Cogió su *tablet* y les enseñó el vídeo en el que aparecía con Liam.

Todos se quedaron fascinados y yo sorprendida, ¿acaso sabían de la existencia de Liam? Eso parecía.

—¿Quién es este? —soltó mi abuelo. Era lógico que él no lo conociera.

—Es un youtuber famoso, papá —le respondió mi madre.

—¿Youtu, qué?

—Déjalo…

Mis primos me miraron con cara de asombro.

—¿DE VERDAD ESA DEL VÍDEO ERES TÚ? —gritó Sofía.

—Sí… —La miré con vergüenza.

—¡AYER VI EL VÍDEO Y NO ME PERCATÉ DE QUE ERAS TÚ! —exclamó con rabia, pero a la vez contenta. Y se rio de sí misma.

Vi que Diego intentaba decir algo, pero no le salían las palabras. Me acerqué a él y le di pequeños golpecitos en la espalda.

—¿Estás bi…?

—¡HOSTIA PUTA, ESTÁS SALIENDO CON MI ÍDOLO! —Me eché para atrás por el susto—. ¡DIOOOOOOOOOOOOOOOOOOOOOOOS! —Empezó a dar saltitos por la casa.

En ese instante, el timbre sonó. Diego me miró con cara de cachorrito; yo sabía que quería conocerlo, así que le hice una señal para que me siguiera. Cogí mis cosas y me dirigí a la puerta con Diego. Estaba muy nervioso, pues estaba sudando muchísimo. Abrí la puerta lentamente, pero dejé de hacerlo ya que mi primo se me lanzó a los brazos muy feliz. Le correspondí el abrazo.

—Gracias, Sénder. —Besó mi mejilla—. Por dejarme conocer a Li…

—¿Qué coño está pasando aquí? —Liam entró furioso y apartó a Diego de mí, después de mirarme con tristeza y dolor. ¿Qué le pasaba?—. Rojiza…, ¿por qué? ¿Acaso no soy lo suficiente…? —Notaba que estaba a punto de llorar.

—Liam, ¿qué estás diciendo? ¡No te entiendo! —le dije sin comprender.

—Él —señaló a mi primo—. Ya me advirtió Miral que tuviera cuidado con él. —Lo fulminó con la mirada—. Y ahora veo el porqué. —Se fue de casa cerrando de un portazo.

¿Qué acababa de ocurrir? ¿Lemon pensaba que le estaba engañando con Diego? ¿Mi primo? WTF!?

Lemon cerró la puerta con un golpe fuerte dejándome totalmente confundida. ¿De veras creía que lo estaba engañando? ¡Si él ha sido lo mejor que me ha pasado en la vida! Y ahora estaba enfadado. Odiaba que se enfadaran conmigo, y más, sin razón.

—Creo que deberías ir tras él… —dijo mi primo rascándose la cabeza—. Tiene una idea incorrecta, cree que tú y yo…, ya sabes…

—¿Sabes qué? No iré. Él ha sido quien ha confundido las cosas, él ha montado este numerito, ¿por qué debo ir detrás? —Mi enfado empezaba a salir.

—Porque eres su novia, Sénder. —Estaba serio—. Y tú —se acercó a mí y me dio un leve empujoncito con su dedo— debes dejar de ser tan orgullosa. Porque en una relación el orgullo no sirve para nada.

Tragué saliva. Tal vez tenía razón, pero yo no tenía la culpa. Suspiré y salí de casa, con la cabeza gacha, y sin decir nada, dejé a mi primo allí. Toqué la puerta del piso de mis vecinos, y Miral me abrió.

—¿Está Liam? —pregunté.

—No —dijo seco.

Iba a cerrarme la puerta en las narices pero puse el pie, fui más rápida.

—Miral, por favor… —supliqué.

Poco a poco la fue abriendo y me dejó pasar. Me acompañó hacia el comedor y me pidió que me sentase en el sofá, y él se sentó en una silla enfrente de mí.

—¿Por qué lo hah' hecho, Sénder? —Estaba decepcionado.

—Miral, no es lo que parece…

—¡EHTABA BESÁNDOTE Y ABRAZÁNDOTE! —gritó.

—CLARO, PORQUE ES MI PRIMO. —Imité su tono de voz—. Además me besó aquí. —Señalé mi mejilla.

Abrió los ojos como platos.

—¿Tu…?

—Primo, sí. Puedes preguntárselo a mi familia, que te lo confirmarán. —Miré mis manos entrelazadas—. Y él… —sabía que iba a llorar— se ha enfadado por algo que no es… —Mis ojos empezaban a humedecerse.

Se levantó y me abrazó.

—No lloreh… Ehtopearáh el maquillaje… —Me cogió por el mentón para que lo mirara—. Una princesa no tiene que llorar.

Le sonreí, y él hizo lo mismo y volvió a sentarse.

—¿Qué debo hacer, Miral? —pregunté.

—Creo que debeh' esperáh, no ha sido tu culpa…

—Lo sé, pero ¿y si no viene para hablar? —Me tapé el rostro—. No soportaría que esto acabara por un simple malentendido…

—Ya lo solucionaremoh' en la fiehta', ahora vamoh' —me animó y le obedecí.

Llegamos a la fiesta de Thunder. Era un gran local con luces de todos los colores y con numerosas salas. Había muchísima gente, demasiada para mi gusto. Miral me cogió por la cintura, no me extrañó, pues muchas veces lo hacía, y nos dirigimos hacia un grupito de chicos.

—¡Miral! —gritó uno.

—Hola, Thunder —le sonrió este.

Hicieron el típico saludo de chicos.

—¿Tú eres Sénder, la novia de Lemon? —Asentí levemente—. ¿Qué haces con Miral? ¿No estás con tu novio? —me preguntó Thunder.

—Seguro que lo está engañando con Miral —soltó uno del grupo que no sabía quién era. Todos rieron, menos el anfitrión y Miral.

Me sentí como si hubieran punzado mi corazón. ¿Sabían lo que había pasado? ¿Liam se lo había contado? Otra vez las ganas de llorar aparecían.

—Callaroh', no seáis imbéciles —pidió mi acompañante—. Vamoh', Sénder…

Nos dirigimos hacia una salita pequeña y con bastante gente. Nos sentamos frente a la barra, pero Miral se levantó de golpe.

—Mírame bailando —dijo meneándose un poco, haciéndome reír.

—Vale. —Se dirigió a la pista de baile y me quedé viéndole y riendo por cómo hacía el idiota.

Mi error fue mirar un poco a la derecha, porque mi mundo se derrumbó completamente. Había una pareja bailando, como si fuera lo último que hicieran. Eran Lemon y esa chica, Sandra; la chica que meses atrás era su novia. Esa rubia impresionante estaba besando a mi novio.

Con los ojos llenos de lágrimas, me acerqué a ellos y los separé. Los dos gruñeron y me miraron con algo de enojo en los ojos. Miré a Lemon y cambió su cara al verme llorar. Le di una bofetada y lloré más fuerte. Se tocó la marca producida por mi mano.

—Sénder… —solo dijo.

Noté que Sandra se fue.

—No, Sénder, no. Diego es mi primo. —Eso fue lo último que dije.

Me giré y corrí hacia la salida. ¿En serio estaba pasando esto? Estaba más que destrozada, me costaba respirar y mis piernas flaqueaban… Quería morir en ese instante. Liam fue quien me iluminó mi negro mundo, y ahora era él quien lo volvía a apagar. ¿Por qué yo no tengo un final feliz?

Llegué a casa y todos los invitados se habían ido, incluidos mis padres. Corrí hacia mi habitación, dejando los tacones tirados por el pasillo. Me tumbé en la cama a llorar. Tapé mi cara con la almohada, dejándola mojada por las lágrimas, y de color negro y verde por el maquillaje. Me sentía una escoria, una idiota, una persona que no vale nada. Esta era la segunda vez que Lemon me hacía daño y con la misma persona. Pero esta vez era distinto, nosotros estábamos juntos y enamorados, y por un puto malentendido todo se había arruinado.

¿Qué iba a ser de nuestra relación? El chico que me había salvado de la tristeza, el único por el que sonreía, el que quería con toda mi alma, se había besado con otra: su exnovia. Estaba rota, no podía hablar, solo llorar y sollozar. Mi destino era cruel, eso ya lo había comprobado desde mis años en el colegio.

Lloré y lloré, angustiada, hasta que alguien cogió mi mano. Abrí los ojos lentamente y pude visualizar a la persona que me había hecho tanto daño. ¿Qué hacía él aquí? ¿Cómo había entrado? ¿Por qué había venido?

Lo miraba seriamente, sin mostrar expresión alguna. Estaba apoyado en su rodilla para llegar a mi posición. Me miraba compungido y no me soltaba el brazo.

—Rojiza, no... —Sus ojos eran cristalinos—. Lo siento tanto... Te quiero, Sénder, te quiero demasiado... —Empezó a llorar—. Miral me lo contó todo y fui un idiota por besarme con Sandra. Mi mente estaba saturada y necesitaba desconectar... Nunca imaginé encontrarte allí... En serio, lo siento. —Lloró fuertemente.

Yo seguía con mi expresión, simplemente estaba destrozada.

—Perdóname, Rojiza. —Apoyó su frente en mi hombro—. Por mi culpa has sufrido mucho... Todo culpa mía —sollozaba y a mí me volvían a caer las lágrimas—. Me prometí que nunca volverías a caer en la tristeza, pero he sido yo el culpable esta vez. Perdóname, por favor, aunque no merezco tu perdón... Te quiero, Sénder, demasiado...

Sonreí levemente, había dicho que me quería y que lo sentía. Toqué su cabeza y paró de llorar. Me miró con los ojos llenos de lágrimas, tomó mi rostro con sus manos y me besó. Fue un beso de disculpa y lo acepté.

—Yo también te quiero —dije al fin.

Sonrió un poco, para volver a atacar mis labios. Noté algo salado en ellos, eran nuestras lágrimas de antes. Se separó de mí y me ayudó a levantarme.

Sonreí, y él me devolvió una gran sonrisa, mostrando todos y cada uno de sus dientes. Me cogió de la mano y me llevó a la cama. Nos recostamos en ella, y nos quedamos en ropa interior. No, no hicimos nada. Nos metimos debajo de las mantas y él me abrazó por la espalda, haciéndome estremecer.

—Feliz Año Nuevo, mi Rojiza. —Me besó la oreja.

—Feliz Año, mi irlandés —le contesté.

En un instante, nuestras respiraciones seguían el mismo ritmo, y nos dormimos. A la mañana siguiente iríamos a Barcelona.

Unos cosquilleos me hicieron abrir los ojos. Sonreí al verle allí delante, despertar a su lado es lo mejor que una puede pedir. Rozó sus labios con los míos y me abrazó.

—Buenos días —me susurró al oído.

—*Good morning* —le dije en inglés.

Se separó de mí y levantó una ceja.

—¡Mira la muchacha, que noh' ha salío' inglesa! —Su acento cubano tardaba en salir.

Me reí a carcajadas y él sonrió satisfecho, quería hacerme reír. Iba a besarme, pero la puerta del cuarto se abrió de par en par. Nos incorporamos y vimos a mis padres con una gran tarta en las manos. Liam y yo nos miramos confundidos.

—Feliz Año —cantaron a coro—. Hoy nos vamos a... ¡BARCELONA!

Los dos reímos. ¿Por eso hicieron la tarta? Mis padres nos dejaron solos para que nos cambiásemos, pues estábamos en ropa interior. Cogí la ropa que quería ponerme: un jersey de lana azul con unos pantalones vaqueros y botas. Liam me miraba atentamente y me incomodaba, me daba vergüenza cambiarme delante de él.

—Lemon…, ¿podrías girarte?

—Hmmmm —cruzó los brazos, como un niño pequeño—, pero que sepas que no escondes nada que no haya visto —sonrió pícaro.

Toda mi cara se tornó roja, como mi pelo.

—¡Gírate! —le obligué y obedeció riendo. Me puse la ropa—. Ya estooooy —canturreé.

Se volteó tapándose los ojos. Reí y él entreabrió los dedos para mirar a través de ellos, hasta que vio que estaba vestida y se quitó las manos de la cara. Le di un repaso con la mirada y me sonrojé. Ver su cuerpo semidesnudo aumentaba mis pulsaciones.

—¿Te gusta, eh? —dijo sacando la lengua y tocándose los pezones.

Reí y salí de la habitación, no sin antes decir:

—Me encanta. —Le guiñé un ojo.

Le dejé riendo en mi cuarto, yendo hasta el comedor, donde estaban mis padres cortando la tarta.

—Hola —sonreí.

Los dos me miraron pícaramente. Alcé las cejas extrañada.

—¿Qué hicisteis anoche? —preguntó mi padre.

Volví a sonrojarme. ¿Acaso les importaba?

—Nada —dije sentándome en la silla.

—¿Seguro? —Mis padres se acercaron y al verme tan roja rieron. No sé por qué me ruborizaba si era verdad, ayer no hicimos nada especial.

—Lo prome…

—BUENOS DÍAS —gritó Lemon feliz.

«Uff de la que me acabo de salvar», pensé.

La mañana pasó rápido, aunque las cuatro horas sentados en el tren hasta Barcelona hicieron que nuestro cuerpo se debilitara. Decidimos ir al hotel, que días antes ya habíamos reservado. Solo había dos habitaciones, la de mis padres y la de Lemon y la mía. A mis padres no les hizo mucha gracia, pero tampoco querían pagar una habitación de más. Nos instalamos correctamente y empezamos a prepararnos para la ceremonia de mi antiguo colegio. Empezaba a las seis y eran las cuatro, solo teníamos una hora y media, ya que estaba lejos del hotel y tendríamos que salir con tiempo suficiente para llegar puntuales.

—No, no, no… —me repetí revolviendo toda la maleta—. No me jodas, no…

—¿Qué pasa? —me sorprendió Liam rodeándome con sus brazos.

—Creo que me he dejado el vestido en Madrid… ¡Joder! No puedo ir con ropa normal.

Liam se separó de mí y lo miré, tenía una sonrisa en la cara.

—¿Por qué te ríes? —le pregunté.

—Porque lo dejé yo allí.

Abrí mucho los ojos.

—¿¡QUE HICISTE QUÉ!? ¿¡PERO TÚ…!? —Me tapó la boca y me cabreé más.

—Tengo mis razones.

—¿¡QUIERES QUE TODOS ME RIDICULICEN PORQUE IRÉ VESTIDA CON ROPA DE DIARIO!? —Aparté su mano de mi cara.

—No —sonrió. Me estaba poniendo de los nervios—. Por esto.

Sacó de su maleta una caja blanca y de cartón blando. Se acercó tímido y me la entregó. La abrí lentamente y me enamoré más de él. Era el novio perfecto.

Un vestido entre verde y azul, muy largo, con la falda algo trasparente salió de esa caja. Era precioso, en la zona del pecho había pedrería, parecían perlas. Mi boca se abrió y casi toca el suelo.

—Qu… qu… ¿qué? —tartamudeé.

Besó mi mejilla y dijo:

—Es para ti —sonrió.

—Li… Liam… —seguía en shock—. ¿En serio? —Admiré ese vestido tan hermoso.

—Claro.

—¡Parece de princesa! —exclamé un poco molesta (por haber dejado mi vestido en Madrid), y asombrada.

—Claro, porque te mereces que te traten como una princesa —volvió a sonreír.

Sin pensármelo dos veces, dejé el vestido en la cama y, con un movimiento rápido, rodeé con mis brazos su nuca y le robé un beso. Nuestros labios se movían y mordí su labio inferior, haciendo que riera. Abrí mi boca y nuestras lenguas empezaron una gran lucha.

—Gracias —agradecí cuando juntamos nuestras frentes.

—A ti por estar conmigo. —Me ruboricé y me mostró su sonrisa.

—Te quiero. —Le di un beso corto.

—Y yo a ti, mi princesa Rojiza.

Nos separamos y cada uno nos fuimos a cambiar. El vestido me quedaba perfecto, de verdad parecía una princesa. Me recogí el pelo con una especie de moño y me maquillé bastante. Mentira, no me maquillé yo, lo hizo mi madre. Ella vino a mi habitación con un kit en el que había muchos potingues raros de maquillaje.

—¡Ya estás lista! —gritó satisfecha.

Abrí los ojos y noté que Lemon no estaba. Fruncí el ceño y miré a mi madre.

—¿Y Liam?

—Le he dicho que se vaya, no quiero que te vea todavía —Sonrió y le devolví la sonrisa—. Estás preciosa, Sénder.

Me ruboricé, aunque no vi la obra de arte de mamá. Me levanté de la silla y entré al cuarto de baño, y la persona que vi reflejada en el espejo no parecía yo. Era una chica con mucho maquillaje, pero a la vez discreto: ojos muy marcados, lápiz labial rosa clarito, algo de colorete, y la sombra de ojos era del mismo color que el vestido, verde azulado. Era muy guapa. Sin embargo, lo que no me cabía en la cabeza era que esa chica fuera yo. Se me humedecieron los ojos, iba a llorar de la emoción.

—No llores o lo estropearás. —Mi madre salió de detrás.

—Te haré caso. —Me giré para mirarla—. Gracias. —La abracé.

—No se dan, hija.

Minutos después, las dos estábamos más que listas. Faltaban 35 minutos para que la fiesta empezara y llamaron a la puerta. Mi madre fue a abrir y vi que mi padre estaba sonriendo, y después entró delante de mi novio. Los dos me miraron con una sonrisa, pero cuando vieron verdaderamente cómo iba vestida, abrieron la boca formando una perfecta «O».

—Estás muy guapa —consiguió decir mi padre.

Reí.

—Gracias.

Lemon, sin decir nada, se acercó hasta mis labios. Cuando nos separamos, dijo:

—Siempre estás perfecta, pero hoy lo superas —sonrió.

Me ruboricé muchísimo, no solía decirme esas cosas.

—Gr… Gracias.

Me tendió el brazo para que se lo cogiera y muy gustosamente lo hice. Salimos del hotel y empezamos a caminar. Sí, caminar, estaba a media hora mi antiguo colegio, pero no había tren, ni autobús cerca.

Después de andar un buen rato, estábamos plantados delante de ese enorme edificio que había sido una gran tortura para mí. Apreté la mano de Liam con fuerza y él me miró preocupado.

—Sabes que si no quieres entrar, no hace falta que lo hagas… —dijo.

—No, sí quiero… Por eso hemos recorrido 625 km, ¿no? —forcé una sonrisa.

Él me la devolvió no muy satisfecho y entramos detrás de mis padres.

Ya es la hora.

Entramos por la puerta principal. Estaba muy tensa, ¿se sorprenderán al verme más cambiada? Tragué saliva y cogí la mano de Liam otra vez, y él me regaló una sonrisa. Llegamos justo a la puerta que daba al teatro del colegio, y un chico alto de pelo negro estaba allí con una larga lista de invitados en la mano.

—Sénder Capdevila. —Le di mi nombre.

El chico empezó a buscar en la lista y luego me miró sorprendido, dándome un repaso con su mirada.

—¿Tú eres Sénder? —Asentí—. Me habían dicho que eras… —se calló y desplazó la mirada.

—¿Fea? ¿Gorda? ¿Friki? —pregunté.

Me miró con pena y suspiró.

—Pasad. —Nos abrió la puerta.

Bajamos las escaleras que daban paso al teatro. Me fijé en que habían quitado todas las sillas y había quedado una gran sala para una pista de baile. Habían colocado una barra pequeña en el fondo y un DJ estaba en el escenario con sus mezclas. Se lo habían currado bastante solo para celebrar los 50 años del colegio. Vi muchísima gente, tanto personas mayores como los de mi promoción. Sí, todos mis compañeros estaban en grupo riendo y bailando al ritmo de la música. Los miraba y se me retorcía el estómago, los odiaba mucho.

—¿Vamos a tomar algo? —preguntó mi madre al verme así.

—Sí, por favor. No quiero que me vean…

—Está bien. —Se dirigió hacia mi padre y Liam—. Quedaos aquí, ahora venimos.

Los dos asintieron y nos fuimos a la barra.

LIAM

—Quedaos aquí, ahora venimos —informó mi suegra.

Los dos asentimos y se fueron a la barra. Analicé la situación, ya había chicos borrachos. Noté que unas chicas de la edad de Sénder me miraban mucho y después me guiñaban el ojo, coqueteando conmigo. Aparté la vista de ellas, y divisé a una chica que me sonaba mucho. La estuve mirando unos minutos, intentando averiguar quién era y de qué la recordaba.

—Oye, que tú ya estás ocupado —dijo burlón Joan, el padre de Rojiza.

—Ya lo sé —señalé a la chica con el vestido azul—, es que me suena mucho y no sé de qué.

—Esa es Jenni.

—¿En serio? —me quedé perplejo—. Pues se ha cortado el pelo…

Me acordé perfectamente de ella. Nos conocimos en GAME, cuando Sénder trabajaba allí por aquel entonces. Rojiza nos dijo que la esperásemos hasta que ella terminase de trabajar y nos fuimos al centro de Madrid. Me pareció maja, pero le cogí manía cuando Rojiza me explicó que estaba saliendo con Robert, el chico que la insultaba.

—¿La conoces? —preguntó Joan.

—Sí, por desgracia, sí.

Noté que la mirada de Jennifer se fijaba en mí, para después saludarme con una sonrisa. Dejó al grupito de chicas con las que estaba y se acercó.

—¡Lemon! —Me abrazó y me dio un beso en la mejilla—. ¿Cómo tú por aquí? ¿Has venido porque sabías que estaría yo? —Puso una sonrisa pícara.

Joan tosió falsamente.

—¡Señor Capdevila! —se sorprendió ella. Miró hacia todos los lados como si buscase a alguien—. ¿Eso es que Sénder está aquí? —preguntó con cara de horror.

—Así es —contesté.

Ella susurró algo que no entendí por el fuerte volumen de la música. Se giró y llamó con la mano a todas las chicas que nos estaban mirando. Todas se acercaron gritando mi apodo y después me encontré envuelto por mucha gente. Miré a mi alrededor buscando a mi suegro, pero solo había jóvenes gritando, algunos me pedían una foto y otros un autógrafo. De repente, alguien me cogió de la mano: Jenni.

—Ven, tengo que contarte algo —me susurró.

No dije nada, quería salir de esa muchedumbre. Al fin nos alejamos de todos y nos pusimos al lado de la barra.

SÉNDER

—Aquí tienes. —Mi madre me entregó el ponche sin alcohol que pedí.

—Gracias —sonreí agradecida.

—Mira quién está ahí —dijo mi madre señalando detrás de mí.

Me giré y encontré a mi exmejor amiga con mi novio. Estaban hablando, ella se acercaba tentativa hacia él, pero Liam se echó para atrás con una mueca de disgusto. Me acerqué hacia ellos sin que se diesen cuenta, para escucharlos con claridad.

—¿Por qué te apartas?

—No quiero hablar contigo —dijo serio Liam.

—¿Entonces? —preguntó incrédula.

—He venido aquí para acompañar a Sénder. —Sonreí al escuchar eso.

Hubo un silencio, que luego Jennifer rompió.

—¿Por qué…? —No terminó la frase.

—¡Hola! —interrumpió mi madre.

—¡Clara!

—Hola, Jenni, cuánto tiempo. —Se dirigió hacia ellos con una sonrisa—. Ah, hija.

—Hey —los saludé.

Noté como Jenni me miraba fijamente, pero yo me limité a mirar al suelo.

—Sénder…, ¿podemos hablar? —dijo mi examiga, insegura.

—Claro.

Me guio hasta una esquina donde no había gente y la música no se oía tanto. Sabía que Lemon y mi madre estaban mirándonos preocupados, por eso me giré y les mostré una sonrisa que después me devolvieron.

—¿Qué pasa? —pregunté mirándola.

Sin decir nada, me abrazó con mucha fuerza. Un abrazo que extrañé mucho, pero no lo correspondí, ella me hizo daño, me traicionó.

—Te he echado tanto de menos, Sénder… —Nos despegamos—. Podrías haberme llamado o algún mensaje…

—¿Y por qué no lo hiciste tú? —pregunté cortante—. Si yo no te llamé fue por algo…

Cerró los ojos fuertemente.

—Me heriste, Jenni… —seguí con la voz cortada—. Nunca me imaginé que salieras con Robert, y mucho menos que sabiendo lo que me hacía no protegieses a tu supuesta mejor amiga.

—Lo siento, Sénder, pero yo lo amo. —Fue lo que dijo—. Perdóname.

Bufé, por no llorar.

—No puedo y no lo haré. Tú sabías lo que sufrí todos estos años por esos estúpidos… Pero ahora tengo otra nueva vida, y me siento querida y feliz. —Dicho esto, la dejé sin que dijese nada.

No había cumplido la promesa que me hizo. Hacía ya años de aquella promesa.

Había sido un día terrible, y yo estaba escondida detrás del árbol del patio, con la cabeza entre las piernas y los ojos húmedos, pero alguien me encontró: Jennifer.

—Idiota. —Se sentó a mi lado—. Me tenías preocupada.

—Lo siento. —Levanté la cabeza y la apoyé en su hombro—. No podía seguir viendo cómo se reían de mí… —Estaba a punto de llorar recordando el mal momento que había pasado.

—Shhh, no llores, ellos no merecen tus lágrimas —sonrió y yo también lo hice a mi manera.

Nos incorporamos las dos.

—¿Qué pasa si tú te unes a ellos? —rompí el silencio.

—Eso nunca va a pasar —sonrió una vez más—. Nunca te haré daño, Sénder.

—¿Lo prometes?

—Lo prometo.

Juntamos nuestros meñiques para que nuestra promesa fuera eterna.

Pero ella la rompió. Ella se juntó con uno de ellos y me hizo daño.

Caminé hasta mi madre y Liam. Él me abrazó al ver el dolor en mis ojos.

—Tranquila, muchacha.

—Estoy bien, no volveré a caer por ella —sonreímos—. ¿Quieres bailar?

Nos miramos fijamente y me robó un corto beso. Me sonrojé y me condujo hasta la pista de baile. Mientras bailábamos, hizo que me olvidase de todos los excompañeros que nos miraban, y de todo lo que ocurrió con Jenni. Hacíamos el tonto, sin vergüenza, porque esta desapareció cuando empecé a salir con Lemon. Reíamos sin parar de nuestros extraños movimientos.

—Mira a quién tenemos aquí… —Una voz muy conocida para mí hizo que parásemos de bailar al instante.

—Robert… —suspiré.

—¡La niñita tímida haciendo el ridículo! —Todos los de su alrededor rieron.

¿Por qué aparecía él ahora? Se acercó a mí y nos quedamos uno en frente del otro.

—Das pena.

Respiré fuertemente y cerré los ojos, para después abrirlos rápidamente. Forcé una sonrisa y me enfrenté a él por primera vez en mi vida:

—Tú tampoco te quedas corto, ¿te has visto? —Lo repasé con la mirada.

Noté como su mandíbula se tensaba. Los chicos que lo acompañaban soltaron un «uhhh» desagradable, como si quisieran empezar una pelea.

—Mmmm… Por fin te enfrentas a mí, pero sigues siendo una cobarde. Eres la misma chica que se odia a sí misma, la que repele a todo el mundo. Sigues estando gorda y con ese vestido patético se nota tu gran barriga. Y él —señaló a Lemon— solo está contigo porque le das demasiada PENA, pues no tienes a nadie. A Jenni y a tu ex también les dabas pena, Sénder. Hasta tus padres se avergüenzan de tenerte como hija. Nadie te quiere. Lo mejor es que te mueras, eso queremos todos —sonrió y los idiotas de detrás aplaudieron.

Noté mis mejillas húmedas. Estaba llorando. Nadie me había deseado la muerte, nunca. Entonces Liam se lanzó sobre él, y le dio tal puñetazo a Robert, que cayó en el suelo.

—¿¡QUIÉN TE CREES QUE ERES!? ¿¡ACASO SABES MIS SENTIMIENTOS!? ¿¡SABES CUÁNTO HA SUFRIDO POR VOSOTROS!? —gritaba.

Robert, aún en el suelo, se tocó la mejilla donde recibió el golpe y se puso a reír. Se levantó y empujó a Lemon, furioso.

—¿Por qué no lo confiesas? ¿Eh? ¡Esta chica está loca! —Me señaló—. ¿Por qué no dices que no la quieres? Además —se dirigió hacia mí con media sonrisa—, tú no lo quieres. Te gusta que te haga caso. O simplemente lo quieres por su fama de youtuber. Eres repugnante —terminó.

Y ¡pas! Le di un bofetón en plena cara. Estaba seria, sin llorar. Se terminó eso de derramar lágrimas por alguien que no me importaba. Algunos empezaron a aplaudir, pero el rostro de Robert mostraba rabia.

Vi que mis padres se pusieron a mi lado, y Jenni al de su novio. Iba a decir algo, pero alguien me interrumpió:

—Yo no estaba con ella por pena. —La gente se apartó y logré ver a Dani.

Me puse al lado de mi novio, y le cogí del brazo. Escondí la cabeza en su pecho. ¿Por qué aparecían todos de un momento a otro? ¿Por qué me pasaba esto a mí? Lemon me acarició la cabeza haciéndome sentir protegida. Así es como me sentía con él, siempre protegida. Alcé la mirada y vi esos ojos verdes clavados en mí.

—No te preocupes.

Negué con la cabeza y lo acerqué a mí lo más que pude. Hundí la cabeza y escuché todo lo que ellos decían, sin ver nada…

LIAM

Tenía a Rojiza amarrada y ella apoyaba la cabeza en mi pecho. Parecía indefensa. Sabía que venir aquí comportaría tener una discusión con los causantes de su gran dolor, pero quería conocerlos y darles una paliza. ¿Creían que molestar a una pobre chica no tendría consecuencias? Estaban muy equivocados. Y eso de decir que no nos amamos ya era pasarse.

—¿Ah, no? —preguntó el idiota número 1 (Robert) al idiota número 2 (Dani)—. ¿Y este mensaje?

El que hablaba le enseñó el móvil. Dani se puso blanco e intentó quitárselo de las manos.

—«¡Robert!» —empezó a leer el aludido—. «Estoy en Portugal y estoy consiguiendo olvidarme de Sénder. Aquí hay muchas chicas macizas que quieren de todo» —terminó.

Rojiza levantó la cabeza. Ahora se sentía mal, muy mal. Volvió a esconder su rostro.

—Eso, señoras y señores —se dirigió a los que nos miraban—, es no querer a una persona. ¿Por qué querías olvidarla, Dani?

—Eres un completo imbécil.

Y allí empezaron a pelearse como dos fieras. No había sido muy buena idea venir aquí… Sénder ha sufrido y eso es algo que odio. No aguantaba más en ese lugar, así que cogí a mi amada en brazos como si fuese una novia, provocando su sonrojo y la mirada de todos.

—L… Liam… ¿Qué haces? —tartamudeó.

Tomé aire y grité.

—¡SALIR CON MI PRINCESA ROJIZA DE ESTE LUGAR!

Dicho y hecho, salimos corriendo los tres: mis suegros y yo, más Rojiza en mis brazos. Subimos las escaleras sin casi respirar de lo veloces que íbamos, hasta llegar a la calle. Allí la bajé de mis brazos e intenté coger el aire que me faltaba. Cuando me recuperé, la miré fijamente a esos ojos verdosos. La luz de la luna iluminaba el lugar. Noté la presencia de mis suegros, por lo que me giré hacia ellos.

—¿Nos disculpáis un momento? —les pedí.

—Claro, tortolitos —dijo su madre.

Se alejaron hasta que dejé de verlos. Cogí aire y le puse un mechón rojo rebelde detrás de la oreja. La contemplaba y solamente podía ver la belleza de su rostro. Supongo que el amor es esto, hasta sus imperfecciones la hacían perfecta.

—Sénder… —La besé—. Da igual lo que digan ellos, tú eres la mejor en todo, eres la chica de la que me enamoré. Sonará muy cursi todo esto, pero tú me haces especial. —Juntamos la frentes—. Todo lo que dijeron de que no te quiero es mentira. Bueno, no, es verdad… —me callé y ella se separó con miedo, con los ojos cristalinos—. Yo te amo.

Sí, lo confesé. La amaba.

—¿Me amas? —preguntó.

—Más que nada —sonreí.

Se puso a llorar y la abracé sin entender. ¿Había dicho algo malo?

—¿Qué te pa…?

—Nunca nadie me había dicho que me amaba —me interrumpió—, y soy muy feliz ahora. —Me miró—. Yo también te amo, Liam.

Y nos besamos, nos besamos con más amor que nunca. Ella era la persona indicada para mí.

SÉNDER

Después de esa noche, pasaron dos más. Aún estábamos en Barcelona, pues él se empeñó en que quería visitar mi ciudad natal. Fui su guía particular. Él alucinaba con todo, porque Barcelona es muy distinta a Madrid.

—¿Dónde iremos hoy? —me preguntó levantándose de la cama.

Yo, ya preparada, le contesté:

—Al centro —sonreí—. Y después iremos a mi antiguo barrio.

—*Valep* —marcó la «p»—. Voy a dussssharme —canturreó.

En menos de veinte minutos, ya habíamos cogido el metro. Como teníamos bastantes paradas, decidimos sentarnos, aunque nos costó porque el vagón iba muy lleno.

—¿Cuándo bajamos?

—En la parada de Catalunya —dije.

Él se empezó a reír y yo lo miré extrañada. ¿Por qué se reía? No lo sé, pero captó todas las miradas de la gente y contagió la risa a algunas de ellas, igual que a mí. Me gustaba que se riese.

—¿Te ríes de mí? —pregunté un poco más calmada.

—Sí.

—¿Por qué? —hice un puchero.

—Porque lo has dicho con un acento MUY catalán —y se volvió a reír.

—¿Y eso te hace gracia? —estallé a carcajadas de lo absurdo que era.

—Mucha.

«Propera parada, Catalunya, enllaç amb la línia 3»..., decía el interfono. Me levanté de golpe y él imitó mi gesto.

—Anda, catalana, vamos —me dijo con una sonrisa.

Recorrimos todo el centro y entramos en todas las tiendas de ropa, incluso en los centros comerciales: El Corte Inglés, y FNAC y el Apple gigantesco. Tomamos las Ramblas para después subir por el paseo de Gracia, mirando más y más tiendas que no nos podíamos permitir porque eran muy caras. Liam alucinaba con los edificios que había en la calle, obras modernistas como la Casa Batlló y la Pedrera, que son Patrimonio de la Humanidad.

Subimos toda esa calle hasta terminarla y ver mi antiguo barrio. Sonreí y él lo notó.

—¿Por qué sonríes? —me preguntó.

—Porque este es mi barrio natal.

Miró al frente.

—¿Cómo se llama?

—Gracia —volví a sonreír—. Vamos. —Lo arrastré hasta Diagonal, la calle que cortaba el paseo de Gracia—. Mira, por aquí vive Melissa...

—¡LEMOOOON! —Alguien me interrumpió.

Nos giramos, y Liam se soltó la mano para abrazar a la persona que lo había llamado. Fruncí el ceño y cuando se separaron también fui a abrazarla. Ella rio, seguramente no sabía quién era yo, pues nunca nos habíamos visto.

—¡MELISSA! —le grité. Me encantaba su canal...

—¡Hola, Sénder! —Me separé de golpe. ¿Cómo narices Melissa sabía MI nombre?—. No me mires así, tonta —hizo un gesto muy peculiar suyo—.Te conozco porque eres su novia —señaló a Liam y sonrió.

—¡Dios míoooooooo, Melissa sabe mi nombre! —Estiré mis mofletes hacia abajo, como en el cuadro de *El Grito*.

Los dos rieron, pero yo seguía sin creerme que una de las chicas a las que más admiro supiera mi nombre, ¡sabe que me llamo Sénder Capdevila! Los tres optamos por ir al Starbucks que había al lado, lleno de extranjeros, porque era lo mejor, así no los reconocerían. Cada uno pidió un Frappuccino y nos sentamos en la terraza.

—Oh, Dios, me siento hípster —soltó Liam—. Melissa, déjame tus gafas y hazme una foto —dijo preparando su móvil.

—NO, mis gafas son sagradas, ¿entiendes? SA-GRA-DAS. —Cruzó los brazos.

Yo miraba la escena divertida.

—Poh favooooh —suplicó el chico—. ¡Quiero enseñarle a Miral!

Ella negó con la cabeza.

—No, no y NO. Así que te callas, amijo mío, grasiah' —le apuntó con el dedo y se sentó mejor en la silla.

Liam también se cruzó de brazos y refunfuñó. Yo estallé a carcajadas, parecían una madre y su hijo discutiendo. Capturé las dos miradas de ellos y también rieron, haciendo que Melissa cediera a darle las gafas.

—¡BIEEEEEEEEEEEEEEEEN! —gritó Lemon feliz.

Me dio su móvil, se colocó el vaso en la mejilla poniendo una cara extraña y le hice la foto. Reí por su cara y miré a Melissa, que estaba muy rara sin gafas, pero era muy bonita.

Pasamos una hora más con ella en el mismo sitio, hasta que nos preguntó algo que me hizo feliz:

—¿Queréis grabar algún vídeo?

—¡SÍÍÍÍÍÍÍÍ! —grité yo.

Melissa se rio y me abrazó, no sé por qué, pero me gustó. Nos invitó a su casa y empezó a colocar todo lo necesario para grabar un *gameplay*. Decidimos hacer *Outlast*, porque ya era tarde y así sentiríamos más terror, ya sabéis. Melissa se sentó en una silla delante del ordenador, y Liam y yo, en su cama. Antes de empezar, avisé a mis padres de que esa noche no la pasaríamos en el hotel.

Estuvimos grabando hasta las tantas, y al final paramos con el miedo en las venas, sobre todo Liam y yo.

—Bueno, ¿qué queréis hacer? —nos preguntó Melissa.

—¡Yo, yo! —Lemon levantó el dedo como un niño pequeño—. ¡Un trío!

—¡NO! —coincidimos Melissa y yo. Nos miramos y reímos.

—Pues vamos a hacer una charla —decidí yo, y los dos estuvieron de acuerdo.

Así que hablamos de todo: de tonterías, de nuestras vidas actuales, de nuestras travesuras de cuando éramos pequeños…

—¿Y por qué estáis aquí? —preguntó nuestra nueva amiga.

—Rojiza es de Barcelona.

—¿Rojiza? —se extrañó ella y Liam me señaló—. Ahhh, ¿y por qué la llamas así?

Lo miré, la verdad yo tampoco lo sabía, lo decidió él solo. Se tapó la cara con la gorra, sabía que estaba sonrojado, por eso se la quité y besé su mejilla.

—Yo también quiero saberlo —sonreí.

—Vale, vale… —tragó saliva—. Pues en GAME te vi, bueno, eso ya lo sabes, pero no lo sé, estabas ruborizada por los chicos que te halagaban y todo eso… Además, como tu pelo también es rojo… Sonará raro lo que voy a decir, pero sabía que tú serías algo para mí. —Se rascó la nuca—. O una amiga o lo que somos ahora, por eso quería personalizarte un mote cariñoso. Todo eso lo decidí en solo unos minutos de mi vida, mirándote en la tienda —sonrió.

—Ahhhhhhhhhh —soltó Melissa con las manos en el pecho—. Lemon, no sabía que eras un cursi —reí—. Cursiiiiiiiiiiiiii —se burlaba ella.

Las siguientes horas nos las pasamos riendo más. Melissa me cayó muy bien, era abierta con todo el mundo y graciosa.

Las cuatro de la madrugada.

—Liam, tenemos que irnos —miré el reloj—. Mañana es nuestro último día aquí.

—¡Jooooooooo!

—Lo siento, Melissa —la abracé—. Ven a vernos a Madrid, ¿vale? Y llámame alguna vez. —Le di mi número.

—¡Hecho! —Levantó el pulgar.

Nos despedimos de ella y pedimos un taxi, ya que a esa hora el metro estaba cerrado. Estuvimos todo el camino sin decir nada, estábamos cansados de tanto hablar.

—Melissa es muy simpática —dije yo.

No obtuve respuesta y me molesté un poco. Me giré furiosa para mirarlo y decirle un par de cosas, pero mi cara de enfado se desvaneció al verlo dormir apoyado en la ventana. Sonreí y apoyé mi cabeza en su hombro. Él lo notó y me abrazó por la cintura.

—Sí lo es —me susurró.

Lo miré y estaba con los ojos cerrados. Acaricié su mejilla y me dispuse a mirarlo durante todo el viaje.

«¿Nuestro amor será para siempre o solo momentáneo? *Tengo muy claro que si mi amor por él se apaga, siempre lo tendré en mi corazón, siempre, porque Liam me ha ayudado a ver la vida de otra manera, a vivirla al máximo, porque solo tenemos una.* ¿Me merezco a alguien como él? *No, no lo merezco, él es demasiado para mí, pero no lo dejaré escapar, nunca, ha sido el que me ha cambiado la vida.* ¿Y si un día todo se termina? *Todo es posible, pero no quiero que ese momento llegue ya, de hecho, no quiero que llegue nunca.* ¿Se cansará de mí y de mis dramas? *Mucha gente se ha cansado de mí por eso, no me gustaría que él también, él podría ser la excepción. Además, él confesó que me ama.* ¿Qué haría yo sin él? *Probablemente, nada. Creo que estaría muerta o ingresada en un hospital, no habría aguantado todo.* ¿Realmente lo amas, seguro que no es porque él te quiere? *Sí, lo amo, sé que él me quiere, pero no por eso lo amo. Él ha estado luchando por mí desde que lo conozco, me ha demostrado que yo le importo a alguien».*

Estas preguntas pasaban por mi cabeza viéndolo dormir.

Con la maleta en la mano entraba en el tren cabizbaja. No quería irme de mi ciudad, mi Barcelona. Pero Madrid era la ciudad que más suerte me había dado. Liam me tocó la espalda y me dio un ligero empujón para que entrara.

—Volveremos pronto.

Asentí no muy convencida. Algo dentro de mí me decía que, cuando volviera aquí, no sería con él. Pasé de esa sensación y nos sentamos. Venía un largo viaje…

Y llegamos. Salí del vagón y me estiré, lo necesitaba. Tantas horas sentada no es bueno para la espalda.

—MIRÁÁÁÁÁÁ —Lemon localizó a su inseparable amigo y se fue corriendo para abrazarlo como si fueran una pareja.

—LEMOOOOON —lo imitó.

Miral nos ayudó con las maletas, a llevarlas hasta nuestro bloque, con ayuda también de un par de amigos suyos que yo no conocía, y que ni me presentaron, lo que fue muy descortés por su parte. El primero era rubio y tenía ojos color café, muy alto y delgado, con una sudadera de color amarillo. El otro era también alto, pero no tanto, pelirrojo y de ojos azules, con un poco de barba y no muy atractivo. Cuando nos dejaron las maletas delante de nuestro piso, mis padres entraron y Miral y esos chicos se despidieron de nosotros, quedándonos Lemon y yo solos. Miré a mi alrededor y, al comprobar que no había nadie, le rodeé el cuello con mis brazos, quedando de puntillas y mirándole fijamente sonriendo. Rozamos nuestras narices y sonrió.

—Ahora no podremos dormir juntos —hizo un puchero—. No podremos hacer lo de cada no…

Me separé de él bruscamente.

—¡Cállate! —dije avergonzada y él rio.

Volvimos a juntarnos y le di un pequeño beso en la nariz, provocándole un sonrojo. Muy pocas veces le sacaba los colores, pero cuando lo hacía me moría de ternura. Sin darme cuenta, me levantó del suelo unos centímetros y me abrazó, apoyando su cabeza en mi hombro.

—Voy echar de menos eso de despertarme a tu lado —me susurró.

Ahora era yo quien se ruborizaba. Me dejó en el suelo para después regalarme una media sonrisa con tristeza. Yo también echaría de menos eso.

—Yo también, Lemon. —Acaricié su mejilla—. Te quiero. —Le di un corto beso en los labios—. Nos vemos. —Y entré en mi piso.

Suspiré feliz y me apoyé en la puerta de entrada. Escuché un «Te amo» de parte de él y sonreí automáticamente. Me hacía tan feliz…

—¿Qué hacíais cada noche, Sénder? —Salió mi madre de su escondite llamado «cocina».

Me enrojecí hasta las orejas. ¿Qué se cree preguntando eso y encima espiándonos?

—¡MAMÁ! —le grité MUY avergonzada.

Ella rio y volvió a la cocina murmurando cosas.

LIAM

—Yo también, Lemon. —Acarició mi mejilla—. Te quiero. —Me dio un corto beso en los labios—. Nos vemos. —Y entró en su piso.

Conté los segundos desde que había entrado en casa y suspiré.

—Te amo —dije.

Giré sobre mis talones, y me dispuse a bajar las escaleras, para después entrar en mi casa. Estaba un poco deprimido por dejar Barcelona, bueno, más bien, por dejar de dormir con mi Rojiza. Pero pronto se me pasó al ver a mi pequeña Blueberry correteando por allí y pensé en cuánto la había echado de menos. Corrí para atraparla, y cuando la tuve en los brazos la abracé muy fuerte, y soltó un pequeño gemido.

—Oye, no te me quejes cuando no me has visto en una semana —le solté indignado.

Después me estiré en la cama haciendo un extraño movimiento, muy ridículo, por lo que me reí de mí mismo. Patético, lo sé, pero así soy yo. No sé cuándo, pero me quedé dormido absorto en mis pensamientos.

—No debes sentirte culpable, tú no hiciste nada —me dijo Rojiza riendo dulcemente y me acarició la cabeza—. Nuestro pequeño estará orgulloso de ti —sonrió.

—¿Pe… pequeño? —balbuceé.

Ella asintió.

—Estoy embarazada, Lemon. —Sonrió otra vez y cogió mi mano y se la llevó a la barriga—. Es nuestro, Liam. —Me miró.

—Seré… ¿padre?

Dijo que sí con la cabeza y me abrazó. ¿Yo, padre? Nunca me lo había planteado. Yo no quería ser padre, no. Por mucho que fuera un hijo con Rojiza, pero no estoy preparado. Debía decirle…

—Rojiza. —La besé—. No estoy preparado para ser padre. —Me rasqué la nuca.

Desvió la mirada hacia el suelo. Así estuvo unos minutos, y la cogí por el mentón para que me mirara y vi como una lágrima cayó en su rostro. Un momento... Este no era el rostro de Sénder... Era el de... ¡LINO!

Me desperté de golpe, ¿qué estaba pasando? Y así fue cómo vi que el culpable de mi «pesadilla» estaba observándome fijamente. Me sobresalté. ¿Qué coño hacía en MI casa?

—¿Qué cojones haces aquí? —solté echándome hacia atrás.

—Lemon, quiero contarte argo'... —dijo serio.

¿Qué querrá?

—Espera —le interrumpí—. ¿Cómo coño has entrado en mi casa?

Me senté en la cama y le miré mal, esperando su respuesta.

—¡Oh, cierto! —También se sentó y se sacó unas llaves del bolsillo—. Miral me dio unah' llaveh' de repuehto'.

WTF!?

—¿Por qué te las dio? —fruncí el ceño.

—Pueh' cuando tú no ehtabah', noh' fuemoh' de fiehta' y se dijo de dormíh' aquí y...

—Vale, vale, ya lo he entendido. Ahora dime, ¿qué querías?

Hubo silencio. Él fijó su mirada en el suelo.

—¿Lino? —le llamé.

—Quiero robarle la novia a un amigo. —Ahora sí me miró muy serio.

Me quedé perplejo.

—¿Qué? ¿A quién? ¿Por qué? —¿Demasiadas preguntas? Bah.

—Pueh' eso, que quiero robar la novia de un amigo pohque ehtoy' muh' enamorao' —suspiró.

—¿Qué amigo?

—No lo puedo desíh'...

Respiré fuerte. ¿Viene a mi casa diciendo esto, y no me dice el nombre de quién será la «víctima» de su «robo»?

—Lino, si no vas a decírmelo puedes ir…

—¡Lemon! ¡He venío' pah' que me ayudeh'!

Cerré los ojos.

—¿Cómo es ese amigo?

Se rascó la barba y miró al techo.

—Eh' alto, rubio y ojoh' verdeh' pero paresen' marroneh'.

No se me ocurría nadie de esas características…

—La chica se mudó a Madrid…

Y eso me hizo reaccionar.

—¡ME ROBAS A MI ROJIZA Y JURO QUE TE CASTRO! ¿¡CÓMO TE HAS ENAMORADO DE ELLA!? —le grité acusándolo con el dedo y levantándome.

Él imitó mi gesto, el de levantarse.

—¡NO, EH, Sénder! —Hubo una pausa y nos volvimos a sentar—. Se llama Scarlett… Ella vino a Madríh' poh' trabajo… Pero ella ehtá con Berny —soltó deprimido.

Berny es un técnico de UPlayer. No somos amigos, nos llevamos muy bien, a veces salimos a tomar algo, pero nada más, no tenemos mucha confianza. Por eso no sabía que tenía novia.

—¿Cómo es ella? —le pregunté.

Se le iluminó su cara. Se notaba que le gustaba y mucho.

—Scarlett eh' de Chile. Eh' guapísima, tiene el pelo violeta claro y suh' ojoh' griseh' enamoran a cualquiera… Pero no eh' mía… —Cerró los ojos.

—Heeey… —toqué su hombro—, la conseguirás, te vamos a ayudar —sonreí y él también.

—Graciah' —dijo y me abrazó.

SÉNDER

Estaba tumbada en la cama intentando echar una siestecita, pues aún eran las siete y no tenía nada que hacer, ya deshice las maletas cuando llegué, y no me apetecía abrir el ordenador ni salir a la calle.

Mi madre llamó a mi cuarto.

—Sénder, tienes visita —me informó.

—Mmmm —gruñí y me froté los ojos—. ¿Quién se atreve a despertarme?

—No estabas dormida, hija —rio mi madre.

—Casi.

Y, en menos de un parpadeo, tenía a mi mejor amiga en mis brazos. ¡Vaya susto me pegué!, pero le correspondí el abrazo. Al separarnos, sonreímos.

—Te he echado tanto de menos, señorita Garrido Tomlinson... —Me sonrojé y rio.

—¿Desde cuándo me llamas así, Estel? —reí.

—Me pareció bonito llamarte así. —Y nos volvimos a abrazar.

Empezamos a hablar y a hablar. El tiempo pasó volando, y ya eran las diez de la noche. Hablar con Tel era demasiado entretenido, y me lo pasaba genial con ella. Algunas veces nos burlábamos de nuestros novios, pero con cariño, porque no éramos tan malas. Estel miró su reloj.

—Jo... Ya me tengo que ir —hizo un puchero.

—Noooooo —exclamé—. Quédate a cenar. —Puse las manos en forma de súplica—. Porfis, porfis, porfiiiis —repetí.

—Lo siento, Sénder, pero he quedado con Sam.

—Joder, ¡ya mataré a ese tal Kira664 por impedirme pasar más tiempo con mi mejor amiga! — Y me crucé de brazos.

Ella rio. Nos despedimos y justo me llamaron para cenar. Hoy tocaba mi comida favorita: pizza. Sí, soy muy glotona y amo comer, pero aun así desde que voy al gimnasio no engordo mucho. No es que esté delgada ni nada de eso, solo un poco rellenita, pero no me importa. No soy perfecta.

Mientras cogía el quinto trozo de mi deliciosa pizza, mi padre rompió el silencio:

—Sénder. —Lo miré—. Tengo una sorpresa para ti —sonrió.

El trozo de pizza se me cayó de las manos y lo miré atentamente, mientras mi madre reía.

—¿A qué esperas? ¡Di!

—Quería ponerle un poco de intriga. —Los dos rieron. Mi padre tosió un poco y prosiguió—: Hay un chico en nuestra empresa que quiere ofrecer un trabajo a alguien… —Me miraron sonrientes.

—¿¡A mí!? —grité ilusionada.

Asintieron.

—Aún no está confirmado, pero seguramente entrarías a trabajar el verano que viene —dijo mi madre.

—¿Y de qué trabajaré? —La felicidad se me notaba en los ojos.

Se miraron cómplices. No sé si era bueno o malo.

—Diseñadora —dijeron al unísono.

—AHHHH —grité de felicidad—. ¡Pero si no habré terminado la universidad!

—Eso no es problema, podrás seguir yendo a clase. Irás como becaria, pero te pagarán —concluyó papá.

Los abracé con mucha fuerza. Pronto trabajaría en lo que siempre había querido: el diseño.

El apetito se había ido y fui corriendo a mi habitación para llamar a Liam.

—¡Rojiza! —dijo al otro lado de la línea.

—Leeeeemon —canturreé.

Rio.

—¿Por qué estás tan feliz, muchacha?

—¡Porque mis padres me han conseguido trabajo! —Dios, no me lo creía.

Le conté todo lo que me dijeron.

—¿Y dónde será? —preguntó.

—Pues no lo sé… ¡Aún falta! —reímos los dos.

—Me alegro mucho. Debo irme, te quiero. Mañana te paso a recoger a las diez y no digas que no. Adiooooos —colgó.

Sonreí como una boba y me estiré en la cama, cayendo en un profundo sueño.

Ya pasaron las vacaciones de Navidad y la rutina de clases empezaba de nuevo. Después de estar levantándote cada día a las doce del mediodía, ahora hacerlo a las siete era un gran cambio, y el cuerpo lo notaba…. Vas zombi por la calle, ¡ni el maquillaje te tapa las ojeras!

Estaba esperando a mi amiga, pero ya llegaba diez minutos tarde. «Se habrá dormido», pensé. Miré el móvil, y vi los mensajes que le mandé alertándola de que llegaríamos tarde, pero no se conectaba desde ayer. Decidí llamarla. Un pitido, dos, tres, cua…

—¿Sí? —preguntaron al otro lado de la línea con una voz adormilada. Era un chico.

—¿Sam?

—Al habla —rio.

—¿Estás con Tel? —pregunté con un tono de enfado.

—*Sip* —remarcó la última letra—. ¡HOSTIA! —gritó y me dejó sorda—. Estel, despierta, ¡faltan veinte minutos para que entres en clase! —se escuchaba—. Sénder, ve tirando, no la esperes. Adiós.

Colgó antes de que pudiera despedirme. Reí al imaginarme la situación: los dos semidesnudos, Kira despierto, y agitando a Tel para que se levantara. Ojalá estuviera allí para verlo.

Empecé a caminar y empezó a nevar. Miré al cielo, me paré, y sonreí. Desde pequeña no había visto nevar, pues en Barcelona era muy difícil. Absorta en mis pensamientos, unos brazos me rodearon la cintura.

—¿Cómo está mi Rojiza? —me susurró el causante de mi gran susto.

—Pues estresada porque Rojiza va a llegar tarde el primer día. —Hablé de mí en tercera persona.

—En cambio, ella está parada observando la nieve… —se burló.

Lo miré fijamente y nos reímos. Cogió mi mano y empezamos a caminar hacia la universidad. Me sentía tan bien al notar su mano con la mía, cálida y a la vez fría. Recorrimos todo el camino en silencio, pero era agradable, con las miradas nos decíamos todo. Nos dábamos amor.

Después de tanto recorrido, llegamos. Juntamos nuestras frentes y nos miramos a los ojos.

—Disfruta de las clases. —Me besó—. Luego te paso a recoger.

—¿Y eso? —me extrañé.

—Aún tengo vacaciones. —Se estaba yendo y me sacó la lengua.

Poco después, se giró y se fue finalmente. Me quedé allí hasta que le perdí de vista.

Las clases no pasaron especialmente rápido, la vuelta se hacía eterna. Estaba en el pasillo con Tel (que llegó a segunda hora por su retraso), y al salir me dio un codazo.

—¡Ouch! —Me toqué la zona afectada—. ¿A qué viene esto?

—Mira —señaló delante de nosotras.

Allí pude visualizar a Liam con algunas chicas. Noté una punzada de celos, algunas coqueteaban de una forma MUY peligrosa con él. Cuando estuvimos lo suficientemente cerca para que MI novio se percatara, sonrió. Tosí falsamente y me miraron con asco para que me fuera, seguramente no sabían que estábamos saliendo.

—¿Os vais? —pregunté borde con los brazos cruzados y con mi amiga al lado.

—¿Por qué deberíamos hacer eso? —contestó la más canija de todas.

La miré fulminantemente.

—Por ese —señalé a Liam, quien miraba la situación divertido—. Es mi novio.

Estel soltó un «uhhhh» y reí, mientras las otras solo me miraban extrañadas.

—¿Es eso cierto, Lemonito? —Una chica castaña se apoyó en su hombro y le puso ojitos.

Lemon la apartó.

—Yepp, lo es. —Se separó de ella y me abrazó.

Sin decir nada, las cinco se fueron. Estel también, se ve que tenía prisa ese día.

Empezamos a caminar como antes, por las calles blancas de Madrid. Se notaba que había nevado mucho, pero en ese momento no.

—Lemonito… —murmuró de repente Liam riéndose.

Lo miré con asco al recordar a esas chicas. ¿¡De qué iban!?

—La muchachita ehtá' selosa' —dijo imitando uno de sus miles de acentos.

Me enrojecí y miré hacia adelante, pero él hizo que parásemos. Y, en el medio de la calle, me besó apasionadamente. Cerré los ojos disfrutando todos los momentos de ese beso. Al separarnos, recuperamos el aire perdido y dijo:

—Me encanta cuando te pones celosa —sonrió.

—Idiota… —dije avergonzada.

Cogió mi mano y se la puso en su mejilla. Un gesto extraño pero completamente tierno. Noté el calor de su mejilla, mientras que otra parte de su cara estaba completamente fría. Después se llevó mi mano a su corazón. Este se notaba que latía muy rápido y con mucha fuerza.

—Esto es lo que me provocas, Rojiza. —Me ruboricé—. Y quiero pedirte una cosa…

Lo miré expectante.

—Quiero que te vengas a Irlanda unos días para que conozcas a mis padres y mi hermana —dijo serio.

Me quedé perpleja. ¿Yo? ¿Conocer a sus padres? ¡Menuda vergüenza!

Mi cabeza solo repetía «no, no y no», por eso estuve unos minutos mirando al suelo, con las manos de Lemon cogidas a las mías.

«Puede que ellos no te acepten. Te cogerán manía. Te verán una niñita comparada con él, pues tienes cinco años menos. Di que no, Sénder, dilo, supongo que Liam lo entenderá, ¿no?».

—¿Rojiza? —Pasó una mano por mi cara para despertarme de mis pensamientos.

—¿Eh? —pregunté saliendo del trance.

—¿Vendrás? —sonrió ampliamente.

Él de verdad quería que yo fuera.

—Eh… ¡Claro! —Mierda.

Se le iluminaron los ojos y sonrió, ahora mostrando todos sus blancos dientes. Me soltó las manos y me abrazó con muchísima fuerza. Tenía una sonrisa idiota en la cara, pero no me sacaba de la cabeza que iba a conocer a sus padres. Cerré los ojos fuertemente, grabando ese momento y, por arte de magia, empezó a nevar. Nos separamos de golpe y miramos al cielo. Extendimos los brazos y reímos a carcajadas. Noté cómo Liam se agachaba, pero no le di importancia, yo seguía mirando ese cielo gris de donde caían pequeños copos de nieve. Lemon se empezó a reír y, cuando lo intenté mirar, una bola impactó en mi cara, después oí más carcajadas por parte de mi novio. Me quité el resto de nieve de mi rostro y lo miré fulminante, intentando no reír.

—¡LIAM GARRIDO DEWITT! —Salió corriendo y yo lo seguí—. ¡ME LAS VAS A PAGAR!

Era más rápido que yo y se metió en un callejón estrecho. Yo también entré allí, pero me paré de repente. ¿Dónde se había metido este chico? Lo busqué con la mirada pero nada. Había desaparecido completamente. Bufé rendida y estaba dispuesta a llamarle, pero una risita detrás de mí me lo impidió. Sabía que no era Liam, era mucho más grave y era una voz rota. No me giré, tenía el miedo en el cuerpo. Era de noche, seguro que era un borracho.

—¿Qué haces aquí sola? —dijo ese hombre, y me cogió el brazo. Yo seguía sin mirarlo.

Los ojos se me empaparon por el terror que estaba sufriendo. ¿Y si era un violador? ¿Y si me robaba?

—¿Quieres venir conmigo, guarrilla? —No contesté—. ¡MÍRAME CUANDO TE HABLO! —me gritó y con fuerza me giró.

Se puso a reír. Era Álex y detrás de él, Lemon, también riéndose. Lo miré enfadada, aún con los ojos llorosos, y me fui de allí.

LIAM

Era más rápido yo que ella y me metí en un callejón estrecho. Entré en una tienda extraña que había allí, de antigüedades. Por el escaparate vi que ella también se metió en el callejón, pero se paró. Buscaba a alguien con la mirada, seguramente a mí, pero no me encontraba. Seguro que creía que había desaparecido.

—¿Qué haces aquí? —Alguien tocó mi hombro y me asusté. Álex estaba mirándome divertido.

—¿Y tú? —contesté con una pregunta.

—Eh, te he preguntado yo primero —se quejó.

Lo miré raro y se rio.

—Me he escondido de ella —la señalé—. Quiero gastarle una broma, pero no sé cómo. ¿Me ayudas? Tengo un plan.

—Claro. —Subió y bajó las cejas.

Le expliqué cómo quería que fuera y asintió. Álex se haría pasar por un borracho viejo verde. Solo era para asustarla un poco, una broma inocente.

El plan empezó, ella seguía girada y Álex rio extraño para captar su atención. La verdad es que hacía muy bien su papel. No se giraba.

—¿Qué haces aquí sola? —dijo el supuesto borracho y le cogió el brazo.

Ella no lo miraba.

—¿Quieres venir conmigo, guarrilla? —No contestó—. ¡MÍRAME CUANDO TE HABLO! —le gritó y con fuerza la giró.

Álex y yo nos empezamos a reír con fuerza, pero al ver su rostro asustado, y con lágrimas a punto de salir, se me rompió el corazón. Me sentía el peor hombre del mundo. Me miró enfadada y salió del lugar. Álex seguía riendo y lo golpeé para que parara, y así lo hizo.

—¿Qué pasa, tío? —Se tocó la parte del golpe.

—Soy gilipollas. —Me senté en el suelo—. Me siento fatal ahora… Estaba a punto de llorar, joder… —Escondí mi rostro entre mis manos.

—Ve a hablar con ella, Lemon. —Tocó mi cabeza un poco—. Me tengo que ir, nos vemos —se despidió.

Me levanté fugazmente y fui a su búsqueda. Seguro que estaba enfadadísima conmigo. Miré por todas las calles, la llamé, pregunté en su casa, pero no estaba en ningún sitio. Ya eran pasadas las nueve y podía resultar peligroso que caminara sola por las calles. Me desesperé, necesitaba encontrarla pronto. Me maldije a mí mismo por haberle hecho esto esa noche.

Ya rendido, tras una hora de búsqueda, decidí ir a casa. Pero gracias a mi buena suerte, al pasar por el Retiro, vi una silueta femenina muy conocida para mí, estaba sentada. Me acerqué lentamente sin que Sénder me viera. Tenía la mirada fija en la luna y los copos caían en su rostro. Era tan guapa…

—Liam, sé que estás ahí. —Me asustó.

Se levantó del banco y se dirigió adónde estaba yo. Su rostro era serio. Le miré sus impresionantes ojos verdes, cuyo significado era indescifrable.

—Rojiza, yo…

Me dio la espalda y yo la abracé rodeando su cintura. Ella me rechazó, pero volví a intentarlo y no se resistió. Besé su cabeza.

—Soy un gilipollas, lo sé, no pensaba que te asustarías, lo sie…

—No. —Se giró y nos miramos a los ojos. Nos cogimos las manos—. Yo fui la estúpida. He hecho que te preocuparas por mí… Lo siento, Liam…

Agachó la cabeza, cogí su mentón y la subí otra vez. Sonreí levemente observando sus preciosos ojos.

—Me he preocupado porque te fuiste asustada y enfadada; pero por mi culpa, yo debo ser el que se disculpe.

Sonrió sin mostrar los dientes. Me robó un corto beso dejándome atónito. Cuando volví al mundo, una bola de nieve impactó en mi cara. Ella rio con fuerza.

—Rojiza…

—¡Atrápame si puedes! —Empezó a correr, como yo lo había hecho unas horas antes.

Me quedé quieto, viéndola correr bajo el frío. «¿Cómo podían hacer daño a esta chica tan inocente? ¿Cómo no la querían? Era la persona más comprensiva que había conocido nunca, la que quería que tú fueras feliz antes que ella misma».

Sonreí. Ella ahora estaba conmigo. Fui tras ella.

SÉNDER

—¿¡CÓMO PUDISTE NO CONTÁRMELO ANTES!? —le grité.

—Yo… yo… —dijo cabizbajo.

—¿Desde cuándo lo sabías, Lino? —Estaba molesta.

Él miró para todos los lados, nervioso.

—Dehde lah' vacasioneh' de Navidad…

—De eso ya hace dos meses, Lino, ¡DOS!

Sí, era marzo. Dos meses desde las vacaciones, y ya quería volver a tenerlas. Y justo ahora, que estaba en plenos exámenes. Liam y yo ya llevábamos cinco meses. Sobre lo de ir a Irlanda… le fui dando largas, con excusas. No estaba preparada para conocer a su familia, solo eran cinco meses… Y con Lino, bueno, con él estaba enfadada en ese instante. Era mi mejor amigo y no me había contado que le gustaba una chica. Estábamos en un parque porque él me citó diciendo que necesitaba contarme algo.

—Lo sé, lo sé… —Se rascó la cabeza.

Suspiré intentando que se me pasara el enfado. Un poco más calmada, volví a sentarme en el banco en el que estábamos. Sonreí.

—¿Y cómo es?

Se le iluminó la cara al instante. Se notaba tan enamorado… «Qué mono», pensé.

—Eh' muh' grasiosa' y siempre tiene una sonrisa en la cara... Tiene el pelo teñío' de violeta y suh' ojoh' son grisaceoh' y muh' bonitoh'... Se llama Scarlett y eh' de Chile —sonrió.

Lo abracé por inercia. Era tan adorable...

—¿Y eho'? —rio.

—Porque te encuentro tan mono cuando estás enamorado... —Le pellizqué las mejillas—. ¿Y cómo la conquistarás?

—No lo sé... Su novio eh' Berny. —Se le notaba deprimido.

—¿Ese cabrón? —Alcé una ceja sorprendida y él asintió—. ¿Está tonta esa chica? ¿Cómo puede estar con él?

Berny me caía muy mal, y una de las razones es que hacía tres semanas casi me besa en una discoteca a la que fuimos toda la pandilla de youtubers y sus respectivas parejas. Por suerte, le pude tirar agua por encima. Lo peor de todo es que lo estuve observando toda la noche, y vi cómo se liaba con dos o tres chicas. Por eso me sorprendió que tuviera novia, le puso los cuernos.

—¿Cuánto llevan?

—Creo que un año casi... —Clavó su vista en el suelo y no la levantó de nuevo.

Toqué su espalda para que se relajara un poco.

—Te ayudaré a conquistarla. —Me miró con cara de alegría—. Solo si me la presentas. —Le saqué la lengua.

—¡Pueh' claro! —chilló—. Mañana se lo digo. —Me abrazó—. Grasiah', Sénder —sonrió.

—No las des. —Le devolví la sonrisa.

Nuevo objetivo: ayudar a conquistar a Scarlett. Lino se despidió de mí y recibí un wasap:

«Liam: ya que no querías venir a Irlanda, te he traído a mi familia a casa <3 Tienes dos horas para prepararte y venir a cenar con tus padres :'D».

Releí el mensaje varias veces. Familia en casa. FAMILIA EN CASA. ¡Oh, Dios mío! Y con mis padres. *Please,* matadme. Nervios *mode ON.*

LIAM (seis horas antes)

Estaba jugando con mi gata Blueberry mientras Miral jugaba con la Xbox. Cuando Miral acabara sería mi turno, y así podría grabar un poco del *GTA V.*

—Lemon, te llaman —me informó.

Me levanté del sofá, fui a mi habitación, y, efectivamente, me llamaban al móvil. «Qué oído tiene Miral», pensé. Miré la pantalla y ponía un «Mamá» bien grande. Me extrañé, mi madre no solía llamar tan pronto, y menos con lo dormilona que es. Por un momento, pensé que había pasado algo, por eso lo cogí lo más rápido posible.

—*Mum?* —pregunté en inglés.

—¡Liam! —gritó… ¿feliz?

—¿Por qué me llamas tan temprano un sábado? —Miré la hora: las diez de la mañana.

—Porque tengo una sorpresa para ti. —Oí la risa de mi hermana pequeña Ciara.

Me destensé. Suerte que no había ocurrido nada.

—¿Qué es? —pregunté curioso.

—Estamos en el aeropuerto.

Se me cayó el móvil al suelo de la sorpresa. Reaccioné al momento y comprobé que mi iPhone, por suerte, no había sufrido nada grave.

—¿Liam? —preguntó mi madre.

—Perdón, se me ha caído el teléfono —carraspeé—. ¿Estáis en Madrid?

Hubo unos segundos de silencio.

—Ziiiiiiiiiiiiiiiiii —gritó Ciara dejándome sordo.

—¡Pequeñaja! —Siempre la llamaba así—. ¡No me grites!

Ella rio y le devolvió el teléfono a mi madre.

—¿Vienes o tenemos que ir? —dijo burlona.

—Ya voy —sonreí para mí y me empecé a poner el abrigo.

—¿Seguro que no queréis quedaros en casa? —dije entrando con las maletas en el hotel que reservaron.

—No te preocupes, en tu casa no cabemos —sonrió mi padre.

—Está bien —cedí—. Me alegro mucho de veros. —Hicimos un abrazo grupal.

—Y yo, tete —chilló mi pequeña hermanita.

Después de ayudarlas con la instalación en su habitación, todos nos sentamos en la cama de matrimonio, menos mi hermana, que se sentó en la suya.

—¿Qué planes tenéis? —rompí el silencio.

—Hemos venido aquí por una cosa. —Mi madre miró a mi padre.

—¡Conocer a tu novia! —terminó la frase Ciara.

Abrí los ojos como platos. ¿Cómo se habían enterado? Mi plan era ir a Irlanda y que fuera una sorpresa para ellos. Me ruboricé un poco, pero no se notó.

—¿Te creías que no íbamos a enterarnos? ¡Si tu estado en WhatsApp es una fecha de octubre y tu foto es con una chica! —dijo mi madre enseñándome mi perfil—. ¿Por qué no nos lo contaste?

Opté por decirles la verdad:

—Quería llevarla a Irlanda y que fuera una sorpresa para vosotros, pero ella no se sentía preparada y me daba excusas para no ir… —Me rasqué la cabeza.

—¿No quería conocernos? —preguntó la pequeña.

—No es eso… Rojiza es muy tímida —sonreí tontamente sin darme cuenta.

Mi madre me dio un pequeño codazo y me aclaré la garganta. En un momento, tenía a mi hermana entre mis piernas.

—¿Por qué la llamas Rojiza? —dijo inocente.

Reí un poco y le revolví el pelo.

—¿No has visto el vídeo? —Ella negó.

La cogí en brazos y la llevé a su cama, donde estaba mi móvil. Busqué el vídeo de Slender, en el que salía con ella, y lo pulsé, enseñándole a mi preciosa novia. Cuando el vídeo terminó, me miró con asombro en los ojos.

—Se llama Sénder en realidad.

—Pero la llamas Rojiza por su pelo —contestó ella—. ¡Es muy mona! —Pulsó el botón de reproducir el vídeo otra vez. Así lo hizo unas tres o cuatro veces. Acabé por quitarle el móvil y se quejó—. ¡Eh! —Reí—. ¿Os casaréis? —preguntó de golpe.

Paré de reír y la miré. Estaba sonriendo.

—Todavía es pronto, Ciara. —Acaricié su mejilla.

Ella hinchó sus mofletes y se cruzó de brazos.

—¿Por qué quieres que nos casemos? ¡Si no la conoces! —chillé.

—¡Pero me gusta su pelo! —Reí a coro con mis padres.

Mi madre se levantó y la cogió en brazos.

—Esta noche la conoceremos —le dijo a Ciara—, ¿verdad, Liam? —Esta vez me miró a mí.

—Cl… claro —afirmé tartamudeando—. Ahora se lo digo. —Cogí mi móvil.

Tecleé un mensaje:

«Ya que no querías ir a Irlanda, te he traído a mi familia a casa <3 Tienes dos horas para prepararte y venir con tus padres :'D».

La verdad, mi madre y el padrino no pidieron conocer a sus consuegros, pero yo sí quería que los conocieran. No tardó ni cinco minutos en devolverme el wasap:

«¿Hoy? :D».

«Sí :) A las ocho en mi casa».

«Bufff, ¡de acuerdo! Qué nervios…».

Reí. Seguro que estaba pensando en que no caería bien a mis padres, la conocía demasiado…

«Les vas a encantar, no te preocupes, muchacha ;D».

Allí terminó nuestra conversación.

—¿Vamos a comprar algo más formal? —preguntó mi padre.

—¡Claro! —dijo mamá.

—Nooooooo —contradijo la pequeña alargando la vocal.

La cogí sentándola en mi hombro.

—Te voy a comprar una piruleta de esas que tanto te gustan.

Me abrazó y luego miró a los dos adultos.

—¿A qué esperamos? ¡Vamos! —ordenó Ciara.

Todos reímos. La bajé al suelo y suspiré. Quería que aceptaran y quisieran a Sénder.

SÉNDER

Me encontraba en mi habitación sentada en la cama pataleando el suelo con ritmo nervioso. Estaba esperando a que mi madre me diera el vestido porque lo estaba planchando. Miré el reloj, las siete y cinco. En 55 minutos estaría conociendo a mis suegros. «Suegros». Esas palabras resonaban en mi cabeza constantemente y me ponía más nerviosa.

—Ya está. —Mi madre abrió la puerta asustándome.

Me dejó el vestido negro, con rayas rojas en la parte inferior de la falda, encima de la cama.

—Gracias —le sonreí.

—De nada. —Se giró—. Nos vamos a preparar nosotros. —Se fue.

No hacía falta que me duchara, pues ya lo había hecho esa mañana. Me puse el vestido con un poco de dificultad para cerrar la cremallera de la espalda, pero al final lo conseguí. Me senté en el tocador, y repartí todo el material de maquillaje encima de este. Me miré en el espejo y empecé mi «operación»: labios rojo pasión, rímel y delineador. No mucha cantidad, no quería que pensaran que era una chica con kilos de maquillaje. En el pelo me hice una coleta alta con un lacito negro. Cogí las pulseras y el collar a conjunto que Liam me regaló por nuestros cinco meses, era un corazón con nuestras iniciales.

Me levanté y, como de costumbre, me miré de pies a cabeza. Me gustaba cómo iba, pero no era a mí a quien debía gustarle, sino a los padres de Lemon. Quité algunas arrugas del vestido con la mano, y ya estaba lista. Salí para avisar a mis padres, pero, para mi sorpresa, también estaban preparados.

Mi madre llevaba una falda ajustada verde oscuro y una camisa blanca. Por otra parte, papá traía puesto un esmoquin sin corbata. Les sonreí y miré el reloj del comedor.

—Diez minutos —aclaró mi madre. La miré con cara de terror—. No te preocupes, Sénder, todo saldrá bien —me tranquilizó.

—Eso espero —solté.

Estuvimos unos cinco minutos sin decir nada y en la misma pose, cada uno absorto en sus pensamientos.

—¿Vamos? —preguntó mi padre.

Los dos me miraron.

—Claro, pero un momento que voy a por los tacones. —Fui a mi habitación y me los puse.

Respiré hondo y salimos. Bajamos el piso que nos separaba de la casa de Miral y Lemon y, en menos de un minuto, estábamos allí, delante de su puerta. Me escondí detrás de mis padres y tocaron el timbre. Por un momento me tensé. Esa puerta se abrió lentamente, hasta dejar ver una mujer de unos cincuenta años, de pelo rubio y ojos café, muy claros, con una bonita y blanca sonrisa.

—¡Hola! —exclamó al vernos—, ¿Joan y Clara? —Mis padres asintieron—. Pasad. —Nos dejó entrar, pero cuando pasé por la puerta la mujer me agarró del brazo—. Buenas noches, nuera —sonrió mostrando los dientes.

Me ruboricé.

—Hola, su… suegra —tartamudeé un poco.

Soltó mi brazo y nos guio hasta el comedor, aunque ya sabíamos dónde estaba. Mientras nos dirigíamos hacia allí, me fijé en su atuendo: vestido color coral y una chaqueta negra transparente.

Mi suegra (que aún no sabía su nombre) abrió la puerta de cristal del comedor, pero antes alguien me abrazó por la espalda. Solté un grito del susto y rieron.

—¡Buenas noches! —Liam besó mi oreja tiernamente.

Giré sobre mis talones para quedar frente con frente.

—Hola, Lemon —sonreí.

Nos cogimos de la mano y entramos al salón. Había un hombre, de pelo negro con gafas, sentado en el sofá y una niña, de unos cinco añitos con dos coletas y un vestido de flores. Tenía el pelo igual que Lemon y ojos azules, con una piel muy blanquita. Cuando notó que la miraba, me sonrió y vino corriendo para abrazarme. Reí un poco mirando a Liam, que se encogió de hombros y me soltó la mano. Me puse a su altura y le acaricié el pelo.

—¿Cómo se llama esta princesita?

—Ciara —dijo orgullosa—. Tú eres Sénder, ¿verdad?

—Sí. —Me puse en pie otra vez.

Miré a mis padres, que estaban saludando a sus consuegros. Cuando terminaron, los dos se fijaron en mí y me sonrojé.

Se acercaron con una sonrisa y nos dimos la mano, para después darnos dos besos en la mejilla.

—Me llamo Sine, perdón por no presentarme antes.

—Yo soy Pablo, mucho gusto, Sénder —sonrió.

—Igualmente... Un momento —me giré hacia Lemon—, en el *Draw My Life* que hiciste, ¡dijiste que se habían separado!

—Yepp —contestó—, pero se reconciliaron. —Se acercó a mí y puso su brazo alrededor de mis hombros, mirando a sus padres—. ¿A que es guapa? —Me sonrojé y le di un pequeño golpe en las costillas.

—Pues sí —dijo su madre con un bonito acento extranjero—. ¿Vamos a cenar ya?

—Sííííí —exclamamos todos.

—¿Así que les has caído bien?

—Ajá, Tel —dije mordiendo mi hamburguesa—. Son buena gente, y su madre es igualita a Liam —reí recordando las burradas que hicieron madre e hijo.

Era lunes por la noche y decidí invitar a Estel a comer al McDonald's para contarle todo lo del sábado, pues durante las clases no pudimos hablar.

—¡Qué suerte! —refunfuñó—. A mí al principio me odiaban... —Frunció el ceño—, me cogieron manía. —Dio un sorbo a su bebida—. Por suerte, ahora soy una mimada para ellos —reímos.

—Ciara me ha cogido mucho cariño y no paraba de insistir en que nos casásemos Lemon y yo, ¡pero solo llevamos cinco meses! —exclamé riendo.

—Vosotros os casaréis, que lo sé yo —me miró pícara.

—Ojalá... —suspiré—. ¿Y tú y Sam? ¡Ya lleváis un año!

Se le encendieron los colores y reí.

—Lo sé..., ¡pero somos jóvenes! —Estallamos a carcajadas—. Ay... Pero amo tanto a mi Kira... —Apoyó su cabeza en su brazo que estaba en la mesa, y miró al horizonte.

—Qué mona. —Le pellizqué la mejilla—. Por cierto, ¿y el señorito Payne?

—*I don't know*... Hoy no le he visto. —Se encogió de hombros.

—Supongo que Nacho debe estar ocupado con tantos exámenes.

—Seguro —sonrió Tel.

Terminamos de cenar.

—¿Vamos a celebrar que hemos terminado los exámenes? —propuso.

—¡Sí! —exclamé contenta.

Abrí los ojos lentamente porque los rayos del sol me cegaban. El dolor de cabeza por la resaca me estaba matando. Me incorporé un poco para quedarme sentada en la cama. Achiné los ojos y me froté la cabeza con sueño, pero noté algo extraño: esa no era mi habitación.

—¿Dónde cojones estoy? —pregunté en voz alta, confusa.

Ese cuarto tenía las paredes blancas y todos los muebles negros, no sabía reconocer si era un cuarto de chico o de chica. Escuché cómo la puerta se abría lentamente y tragué saliva asustada. Y vi quién era.

—¡Idiota! —le grité—. Me has dado un susto de muerte. —Me tapé la cara con las manos—. Creía que estaba en casa de un desconocido y que había hecho cosas no muy...

Estel se puso a reír de golpe.

—En serio, eres tonta —dijo entre carcajadas.

Le lancé un cojín a la cara y provoqué que riera más.

—Anda, vamos, que llegaremos tarde. —Se limpió las lágrimas de la risa.

—Vaaaaaaaaale —bufé rendida—, pero déjame ropa, no pienso ir con la de ayer.

—*Valep* —remarcó la «p».

Me trajo un vestido muy mono, de color naranja, y una chaqueta fina a juego.

—Gracias. —La abracé.

Salimos de su casa y revisé el móvil. Ninguna llamada ni mensaje, ¿acaso mis padres no se percataron de mi ausencia? Fruncí el ceño.

—Les envié un mensaje diciendo que te quedabas a dormir. —Estel leyó mi mente.

—Gracias, otra vez —sonreí—. Una cosa… No recuerdo que tu habitación fuera así.

—No es mi habitación… —me sacó la lengua—, es la de invitados.

—¡Ah! —reímos.

Las horas de clase de ese día no hicimos nada, pues eran para recuperar las asignaturas suspendidas, pero Tel y yo no teníamos ninguna pendiente.

—Mira a quién tenemos aquí —dije mirando cómo se acercaba Nacho—. ¿Dónde te metiste ayer?

Él se sentó a nuestro lado con cara de agotamiento. Estábamos en la hora del recreo.

—Exámenes y más exámenes. —Recostó la espalda en el banco—. Estoy jodidamente harto.

—¿Te ha quedado alguna? —preguntó Tel colocándole el pelo a Nacho porque estaba despeinado.

—Puede, hoy me lo dicen, pero creo que Mates —bufó.

Le acaricié el brazo.

—No te preocupes, Payne —sonreí y él hizo lo mismo.

—Qué bien suena… Payne —reímos los tres—. Por cierto, ¿cómo va con vuestros youtubers?

Tel y yo nos miramos y nos sonrojamos.

—Perfectamente —soltó mi amiga—. La semana que viene hacemos un año… —sonrió tontamente.

—Ohhh —aclamó Nacho—, ¿y tú, Sénder?

—El sábado conocí a su familia.

Abrió los ojos sorprendido.

—¿Lemon no era el de Irlanda…? ¿O era otro youtuber…?

—No, es Liam, pero como no estaba dispuesta a irme hasta allí, sus padres y su hermana vinieron sin avisar.

—Wow, ¿y qué tal?

Le conté todo y él no hacía más que sonreír.

—Chicas, me voy a clase.

—Adiós —dijimos al unísono.

El resto del día pasó aburrido pero rápido. Ya me estaba despidiendo de Estel y Nacho.

—Mañana nos vemos. —Les lancé un beso.

—*See you, Tommo.* —Me decían así por Tomlinson.

Estaba poniendo las llaves en la cerradura del portal de mi casa, cuando mi móvil sonó.

—¿Diga? —No pude ver el nombre de quién era porque tenía una especie de lucha con las llaves.

—¡Sénder! —Era Lino—. ¿Puedeh' quedáh' ahora?

Miré el reloj de muñeca, apenas eran las seis.

—*Yepp* —contesté—. ¿Me pasas a buscar?

—¡Claro! En quince minutoh' ehtoy' allí.

Colgó y me apresuré a subir las escaleras para prepararme, pero me encontré a Liam intentando abrir su puerta. Reí porque no paraba de hacer muecas extrañas.

—Anda, dame. —Lo aparté suavemente y pude abrir la puerta.

—¡Rojiza! No te había visto. —Me robó un corto beso—. ¿Te quedas conmigo? —hizo un puchero.

Acaricié sus labios.

—Lo siento, Lino me viene a buscar. —Besé su mejilla—. Después te llamo.

—Vale —gritó cerrando la puerta de su casa.

Creo que se molestó un poco. Me encogí de hombros mentalmente y subí para prepararme.

Lino cumplió su promesa: en quince minutos estaba llamando al timbre.

—Hola —saludé.

—Hey. —Me dio dos besos—. He quedao' con Scarlett —sonrió.

—¡Guaaau! Empecemos el plan —reímos.

Nos encontramos en la puerta del Sol. Scarlett era una chica muy alegre y con mucho entusiasmo por la vida. Su color de pelo violeta concordaba perfectamente con su personalidad. Reía por cada tontería de Lino. A él se le notaba muy feliz con ella, y viceversa. No podía creer que esta chica tan adorable estuviera saliendo con ese idiota de Berny, el que se lía con todas. En algunos momentos, notaba que yo sobraba, pero pronto me dejaban participar en su animada conversación. Hablábamos de cualquier cosa, y de tonterías, como, por ejemplo, cómo se reproducen las moscas.

Lino se fue un momento a buscar algún bar, porque tenía que ir al baño. Allí comenzaba mi plan.

—¿Estáis saliendo? —Me hice la tonta, curiosa.

—Nooo —se ruborizó—. Berny es mi novio.

Fruncí el ceño en modo de desagrado.

—¡Pero si se ha liado con la mitad del barrio! —le chillé y ella rio.

—Lo sé. —Abrí mucho los ojos.

¿Lo sabía y aun así estaba con él? WTF!?

—Yo no lo quiero, Sénder. Estamos juntos por nuestros padres —confesó ella. Miró al suelo algo triste—. Ya sabes que soy de Chile, mi padre y el suyo se llevaban muy bien, y mi padre decidió enviarme a España para casarme con Berny y poder fusionar las dos empresas.

—Joder..., qué putada. —Le froté la espalda para que se tranquilizara.

—Yo quiero a Lino —me soltó con toda la confianza del mundo.

—¡Él también te quiere, Scar! —dije con una sonrisa.

Me miró con ilusión en los ojos.

—¿Lo dices en serio?

—¡Claro! Me pidió que le ayudara a conquistarte, pero veo que no hace falta —reímos.

—Gracias por decírmelo, Sénder. —Me abrazó.

—No las des. —Nos separamos—. Os dejo solos —dije cuando visualicé a Lino a lo lejos—. Suerte —le sonreí y ella hizo lo mismo en modo de agradecimiento.

Me alejé de ellos y miré mi móvil. Un mensaje y dos perdidas de mi madre. No lo escuché cuando llamaron porque siempre lo tengo en silencio, una manía mía. Abrí el wasap, era de ella:

«Ven pronto a casa, tenemos algo importante que decirte».

Eso me preocupó, normalmente ella no escribía los mensajes tan... serios, al contrario, pondría una carita o algo así. Fui lo más rápido posible. ¿Qué demonios querrían?

LIAM

Hoy era el día, hoy era nuestro aniversario: seis meses junto a ella, mi Rojiza, mi Sénder Capdevila. La quería tanto... Le había comprado una pulsera de plata de Pandora, siempre me repetía que le gustaría tener una.

No la había visto desde la semana pasada, cuando me dijo que había quedado con Lino. Confieso que me puse un poco celoso, pero tampoco tengo derecho a retenerla y no compartirla con nadie; al fin y al cabo, los dos tenemos una vida. Lo único extraño es que cada día habíamos hablado por mensajes, y cuando la llamaba no lo cogía nunca, aun estando en línea.

Habíamos quedado en mi casa, la decoré con velas y rosas, muy romántico y cursi, lo sé, pero a ella le gustaba eso y por una vez… mi corazón debía ablandarse un poco, por una vez. Toda la casa tenía una iluminación muy suave y misteriosa, pero quedaba muy elegante. Me vestí con traje y corbata. Quería que fuera una noche especial y feliz.

Me encontraba vagando por la casa con las manos en mi espalda y mirando el suelo. Estaba MUY nervioso. Comprobé el reloj, y segundos después llamaron al timbre. «Es la hora», me dije. Me dirigí hasta la puerta y la abrí con una sonrisa. Allí estaba ella, con un vestido púrpura impresionante, muy fino. Estaba bastante maquillada, pero iba guapísima como siempre. Llevaba unos tacones del mismo color, de vértigo, eran altísimos. Su mirada estaba clavada en el suelo.

—Felices seis meses. —Besé su mejilla y la abracé.

Ella me correspondió, pero cuando me fui a separar hizo que el abrazo fuera mucho más largo, dejándome un poco desconcertado, aunque no le di demasiada importancia. Nos miramos.

—Igualmente, Liam —sonrió un poco y volvió a agachar la vista.

Le cogí la mano y nos dirigimos al comedor. La miré de reojo, al abrir la puerta de este, y vi que estaba llorando. Me asusté.

—¿Rojiza, te encuentras bien? —Ella intentó secarse las pequeñas lágrimas sin que se le corriera el maquillaje. Asintió con la cabeza.

—Solo que… es precioso, gracias. —Me volvió a abrazar.

La notaba muy extraña y frágil, como si se fuera a romper de un momento a otro. Cogí su cara con mis dos manos y seguía sin mirarme, tenía la cabeza agachada. La intenté obligar a que me dirigiera la mirada, pero no lo logré.

—Rojiza, mírame.

Y por fin lo hizo. Mi corazón se encogió. Sus ojos expresaban tristeza, algo malo pasaba. Algo muy malo para que ella no pudiera ser feliz en nuestro aniversario. No quería saber el motivo de esa tristeza, pero era mi deber averiguarlo. Volvió a llorar en silencio, no sollozaba, solo salían lágrimas de sus ojos. Le limpié algunas con el pulgar.

—Hey, Sénder, por favor, no llores. —La miré directamente a los ojos—. ¿Qué pasa? Sabes que puedes confiar en mí.

—Lo sé, ¿cenamos? —Cambió de tema bruscamente. Se giró dándome la espalda y fue hasta la mesa y se sentó.

Me quedé quieto los primeros segundos, pero luego imité su gesto. Serví el único plato, macarrones con salsa boloñesa, una especialidad mía. Comimos en silencio, alguna vez le acariciaba la mano, pero ella no respondía, así que paraba. Terminamos y fui a buscar el postre. Al volver de la cocina me la encontré llorando de nuevo mirando a un punto fijo, nuestra primera foto enmarcada. Sonreí al ver la fotografía, pero la sonrisa se desvaneció al centrarme en Sénder. ¿Qué le pasaba? La miré con preocupación y me fui a sentar.

—¿Quieres? —le pregunté intentando que dejara de llorar.

—N… no, gracias —respondió.

Yo me serví un poquito de helado con frambuesas y empecé a comer en silencio. Parecíamos dos extraños, pero éramos pareja. La situación era muy incómoda, y mucho más con los silenciosos sollozos de Rojiza. Aparté el plato bruscamente y la abracé de golpe. Le acaricié el pelo y noté que mi camisa se estaba mojando. Rebusqué en mi bolsillo el regalo y se lo di cuando la aparté de mí, con una gran sonrisa esperando que me fuera devuelta. Pero no fue así.

—Liam… No puedo aceptarlo… —rechazó.

Reí irónicamente.

—¿Por qué? —me levanté—. ¿Qué mierdas está pasando, Sénder? Primero: lloras, y no me explicas porqué —conté con los dedos—, segundo: ni me miras a los ojos. Tercero: me rechazas el regalo. —Me puse las manos en la cabeza, desesperado—. ¿Quieres cortar conmigo? ¿Es eso, verdad? —Di una patada a la silla rabioso—. ¿¡NO DICES NADA!? ¡ASÍ QUE ES VERDAD! —le grité.

Ella volvió a llorar, pero esta vez más fuertemente.

—¿¡CUÁNDO COJONES QUERÍAS CONTARME QUE NO ME QUIERES!? ¿¡EN NUESTRO ANIVERSARIO!? ¡ESTO ES ALUCINANTE! —Empecé a recorrer todo el comedor gritando—. ¡QUERÍAS DEJARME EN NUESTRO ANIVERSARIO! ¡QUE SON SEIS MESES, JODER!

—Liam, para… —suplicó llorando.

—¿¡POR QUÉ!? ¿¡TE SIENTES MAL!? ¡YO DEBERÍA SER EL QUE TIENE QUE SENTIRSE MAL!

Soltó un gran sollozo y se arrodilló en el suelo con las manos tapando su cara. Me acerqué lentamente hacia ella, triste y apenado. ¿Por qué ahora…?

—Yo nunca te dejaría, Lemon —consiguió decir.

Me arrodillé mirándola. Estaba a punto de llorar.

—¿Entonces? —pregunté apartándole un poco el cabello.

Me abrazó y le correspondí.

—Me voy, Liam, eso es lo que pasa —dijo llorando en mi pecho.

Me quedé serio, sin palabras. ¿Se… iba?

—No llores... Tú no... —suplicó.

Sacudí un poco la cabeza y me di cuenta de que pequeñas lágrimas salían poco a poco de mis ojos. Estaba en shock, no podía hablar. ¿Se iba? ¿Ahora? ¿Justo cuando vino a Madrid?

—¿Dónde? —pregunté sin expresión alguna.

Ella me miró muy afectada. Eso era señal de que muy lejos.

—A Londres.

Eso acabó conmigo. ¿Por qué esa ciudad? Estaba a dos horas de aquí, en avión, claro. Empecé a emitir sollozos, dificultando mi respiración. Seguía mirando a un punto fijo de la habitación, pero nada en concreto. Mi Rojiza se iba. Se iba lejos de mí. ¿Por qué el destino me alejaba de ella...?

SÉNDER

Me destrozaba el corazón verlo llorar. Todo por mí. Me sentía la peor persona del mundo haciéndole llorar. No debí aceptar la oferta, no, pero era lo mejor para mi futuro.

Llegué a casa justo después de quedar con Lino y Scarlett. Estaba nerviosa, ¿qué querían mis padres? Los visualicé en el comedor y al verme sonrieron.

—¡Sénder! ¡Siéntate! —Señaló la silla mi padre.

Estaban muy entusiasmados. A saber qué querían... Hice caso a su proposición.

—¿Qué... qué está pasando aquí? —pregunté con un poco de miedo.

Los dos se miraron y sonrieron.

—¡Vas a cumplir tu sueño! —exclamaron los dos. Seguro que lo habían ensayado antes, porque les salió a la perfección.

Fruncí el ceño porque no entendía lo que pasaba.

—¿Qué?

Mi madre me abrazó feliz.

—Te vas a Londres, Sénder —me aclaró ella.

Me levanté de la silla de golpe y abrí los ojos como platos.

—¿Qué? —casi grité de la emoción—. ¿Cómo? ¿Cuándo? ¿Sola? ¿Por qué? ¿Cuánto tiempo?

—Ehhhhhh, para el carro —reímos por el comentario de mi padre—. Sí, te irás sola. No te pienses que será un viaje. Te irás a vivir allí durante tres años a terminar tu carrera de Diseño —sonrió satisfecho.

Hice un grito ahogado y los abracé. Ese era mi gran sueño, irme a vivir algún tiempo fuera, al extranjero, concretamente a Londres.

—¿No es coña, no? —reí.

—Claro que no —contestó mi madre.

Me volví a sentar, al igual que mis padres.

—¿Y cómo ha sido esto? —les pregunté apoyando mi cabeza en los brazos.

—¿Te acuerdas del trabajo que te dijimos, de becaria pero con sueldo? —Asentí—. Pues se ve que solo tienen una plaza en Londres y, bueno, te lo han dado a ti —sonrió mamá—. ¿Aceptas?

—Buf, es una decisión difícil, pero tentadora… —bromeé—. ¿Cuándo me iría?

—El mes que viene, el 20 de mayo —aclaró mi padre.

—¿Tan pronto…? —Tapé mi cara con las manos.

Pasé de estar completamente feliz por cumplir mi sueño a estar inquieta y pensativa. ¿Dejaría a mis amigos, incluido Lemon, por irme a Londres?

—Cielo… —acarició mi brazo mamá—, sé que te será duro abandonar todo lo que has construido aquí. —Asentí—. Y seguro que esto te influye en tu decisión…

—Así es —moví la cabeza—. ¿Qué pensará Liam?

Mi padre me abrazó.

—Te voy a decir algo, Sénder… Tienes 18 años. Eres muy joven, y es difícil continuar con la misma pareja… —paró y me miró.

—¿Qué quieres decir?

—Si eliges quedarte por él, y un día cortáis, te arrepentirás de no haberte ido. Es una oportunidad única, Sénder. Es tu sueño —terminó mi madre—. Piénsatelo.

Asentí no muy convencida. Solo serían tres años para acabar la carrera y trabajar de lo que estaba estudiando: Diseño Gráfico. Pero abandonaría a Liam. También a Estel, a Nacho, a Miral y a Lino.

Le conté a Liam el porqué de mi salida del país. Pero él no hacía más que asentir y llorar, como si no me escuchara. Terminé de contarle todo y se quedó callado.

—¿Li…?

—¿Por qué ahora? ¿Hoy? —me interrumpió.

—He tardado toda esta semana en pensar cómo decírtelo…

Rio irónico.

—Si te da tanta pena irte, no lo hagas. Deberías estar feliz, ¿no?

Miré el suelo. Él de veras tenía razón, pero yo sí estaba feliz, lo que me ponía triste era abandonar todo, sacrificarlo.

—¿Y por qué te vas? —Lemon, que estaba en el suelo al igual que yo, se tapó la cara para llorar más.

—Lemon, yo…

—No, no digas nada. —Se levantó y me dio la espalda—. Solo vete.

Y le hice caso, me fui con lágrimas en los ojos. Simplemente, no podía creerlo, creía que me apoyaría en esto… Son solo tres años.

Pasaron dos días desde nuestro aniversario. Lemon no me habló desde entonces, supongo que estaba asimilando mi traslado.

Quedé con Tel, quería contarle que me iba y agradecerle todo lo que había hecho por mí durante este tiempo. Era sábado y llovía. La estaba esperando en la plaza al lado de mi casa, donde solíamos quedar siempre. Miré el reloj, llegaba cinco minutos tarde.

—¡Sénder! —Me giré y era ella.

Estaba empapada por la lluvia e intentando recuperar el aire. Supuse que había venido corriendo.

—¿Qué es lo que me tienes que decir? —preguntó con la respiración agitada.

—Tel… Yo… —Solté el paraguas y lo dejé caer al suelo. La abracé dejándola sorprendida—. Te quiero mucho, mucho, mucho, mucho —repetí.

Ella rio.

—¿Y eso?

Me separé de ella con los ojos cristalizados. Dios, la echaría tanto de menos…

—Estel… Debo contarte algo. —Agaché la cabeza y cogí el paraguas—. Es triste…

—Yo también tengo que contarte algo doloroso —me interrumpió—. Perdón, continúa.

Di un gran suspiro soltando toda la tensión acumulada.

—Me mudo a Londres por tres años —solté de golpe.

Estel me miró profundamente, como si estuviese pensando si lo que la acababa de decir era verdad o no. Y, tras comprobarlo, soltó un grito y me envolvió en sus brazos saltando. ¿Acaso estaba feliz?

—DIOOOOOS —exclamó—. No me lo creo. —Nos despegamos. Fruncí el ceño—. De eso yo quería hablarte. ¡Me han dado una beca en Londres! —dijo con felicidad máxima.

Abrí muchísimo los ojos y grité saltando con ella.

—¡No estaré sola! —dijimos las dos a la vez. Nos miramos y reímos.

Estel me contó que le habían dado una beca por su carrera, y que ella estaba pensando en rechazar la oferta. Pero ahora sabía que yo también iba allí, y entonces también se iría. Planeamos vivir juntas, yo acepté rotundamente. Ir a vivir con tu mejor amiga, en un país extranjero, es lo mejor del mundo.

—¿Cómo se lo ha tomado Liam? —preguntó.

—No muy bien… Se puso a llorar y me echó de su casa… —Me sentí mal al recordar aquello—. ¿Y Sam?

—¡Ah! Por él no te preocupes. Me dijo que siempre ha querido vivir una temporada en otra ciudad y, ahora tiene la oportunidad y no quiere alejarse de mí, así que se vendrá también —sonrió enamorada, pero luego notó su error en mis ojos. Ella seguiría viendo a su novio—. Lo siento… ¿Qué harás?

—No creo en las relaciones a distancia. —Eso lo explicaba todo—. Cuando me vine aquí, tampoco creía en ellas, por eso dejé a Dani… —Sabía que iba a llorar, Tel me abrazó—. No quiero separarme de él. —Empezaron a salir lágrimas—. Joder, ¿por qué me pasa esto siempre? —Me agarré fuertemente a mi amiga y lloré en su hombro—. El amor nunca triunfa conmigo… Y hago sufrir a los demás… —me callé un momento y la miré—. ¿He hecho mal en aceptar la oferta?

Negó con la cabeza sonriendo, dándome tranquilidad.

—No, Sénder, no. Estas oportunidades solo ocurren una vez en la vida, y a veces debes sacrificar muchísimas cosas. —Me acarició la cabeza a modo de protección—. Sobre todo, las cosas más importantes. No te arrepientas, Sénder, si él te ama, respetará tu decisión y puede que te espere hasta que vuelvas.

Sus palabras me tranquilizaron un poco. Hice un intento de sonrisa para agradecérselo.

—Gracias, amiga. —La abracé de nuevo.

—¿Gracias? ¿Eso se come? —bromeó—. No se dan, para eso estamos —sonrió.

Me iba a vivir con mi mejor amiga a Londres. Iría a cumplir un sueño, sacrificando mi relación con Liam. Pero en todo sacrificio hay una recompensa.

—¿En serio debeh' irte? —preguntó Lino por cuarta vez. Estaba a punto de llorar y me abrazó.

—Lo siento —le susurré.

Cogí la maleta con la mano y respiré hondo mirando a todos los que me acompañaban en el aeropuerto. Sí, hoy era el día. Ya había pasado el tiempo suficiente. Sobre Liam... No me hablaba ni me dirigía una mirada cuando nos cruzábamos. Estaba muy dolido, pero, como dijo Tel, debía respetar mi decisión si me quería.

Allí estaban todos mis amigos, Lino, Nacho, Tel, Kira, Thunder (acompañó a Lino) y Álex, y también estaban mis padres. A estos últimos sí los echaría mucho de menos, llevaba viviendo con ellos toda mi vida...

—¿Abrazo grupal? —sugerí abriendo los brazos.

Me hicieron caso y nos abrazamos. Salieron algunas lágrimas traidoras, y reímos suavemente. «Esto es más duro de lo que pensé», me dije. Mi madre me obligó a separarme del resto para hablar los tres a solas.

—Sénder, prométenos que cada día nos llamarás.

Sonreí.

—¡Claro! Aunque si me olvido algún día tampoco os preocupéis, ¿eh?

Rieron.

—Ya, ya... —Se pusieron serios y mi madre empezó a llorar. La abracé—. Te vamos a echar tanto de menos, hija.

Seguíamos en la misma posición, cerré los ojos y sonreí. Esto era una nueva etapa.

—Yo a vosotros también. —Miré a mi padre e hicimos nuestro típico saludo, el mismo desde que yo era pequeña, y acabando por rodearnos con los brazos—. Cuida de mamá, por favor. No dejes que se sienta sola nunca.

Me miró y me pellizcó la mejilla. Estaba a punto de llorar, al igual que yo.

—Ni lo dudes.

Volvimos con el resto de gente y Lino me abrazó de golpe. Yo me reí por su reacción.

—No te vayah, por favor —suplicaba—. Te echaré demahiado' de menoh'.

—Yo también, Lino. —Besó mi mejilla—. Espero que cuides a tu amada Scarlett —nos sonreímos.

Álex y Thunder me despidieron sonrientes.

—Ha sido un placer conocerte, Sénder —empezó Thunder.

—Eso, eres muy buena persona y nos da pena que te vayas, pero espero que te vaya muy bien allí —acabó Álex.

Nos abrazamos y agradecí:

—Muchas gracias, chicos, será imposible olvidaros.

—Te juro que aún no me lo creo —dijo Nacho—. ¡Vas a estar más cerca de One Direction!

Reí con ganas. En serio, él era un gran obsesionado con 1D.

—Anda, ven, Payne. —Coloqué mis brazos por su nuca y él hundió el rostro en mi hombro.

Rompió a llorar. Era la primera vez que lloraba por el traslado, pues cuando le conté que me iba se mostró indiferente, supongo que para que no me sintiera mal.

—Eres la mejor amiga del mundo, Sénder, y eso que hace muy poco que nos conocemos —me susurró llorando—. Y encima me abandonáis las dos —rio al separarnos—. Como castigo os obligaré a invitarme a vuestra casa en Londres.

—Eso está hecho. —Juntamos nuestras manos en modo de aprobación.

Por último estaban Estel y Sam. Les sonreí y fingí irme, pero Tel me agarró del brazo riendo.

—No te escaquees —empezó—. Solo espera un mes y estaré contigo. Empieza a buscar casa y todo eso. —Me abrazó—. Te echaré de menos —empezó a sollozar.

Reí acariciando su espalda.

—Eres tonta, ¡si viviremos juntas en un mes!

Era cierto, Estel se quedaba un mes más para terminar los estudios en la misma universidad y quería arreglar cosas sobre la beca y el traslado. Yo me iba un mes antes de terminar las clases simplemente porque el trabajo me lo requería. Empezaba justo la semana siguiente.

—Bueno… ¡Hasta el mes que viene! —exclamó Sam.

Los tres reímos y nos dimos un achuchón de oso.

Cuando terminé de despedirme, automáticamente pensé en Lemon. No vino, no vino a despedirse. Lágrimas amenazaban en salir, pero las pude reprimir. Agarré mi enorme maleta azul y di la espalda a mis acompañantes. Empecé a caminar cuando una voz apagada y frágil me llamó:

—Sénder… Espera por favor. —Era Liam.

Me giré un poco, y lentamente para comprobar si realmente era su voz. Así era. Analicé su rostro, pálido y con los ojos hinchados y rojos. Su expresión era indiferente, no mostraba ningún sentimiento. Estaba roto por dentro. «Todo por mi culpa», pensé.

Noté una gota recorrer mi mejilla hasta llegar a mis labios, dejándolos con su sabor característico salado. Después de tantos días sin hablarme, ahora se dignaba a venir a verme, cuando solo faltaban unos minutos para embarcar…

Solté mi maleta, dejándola perdida durante mi carrera hasta sus brazos. Lo abracé con ese toque de «te he echado de menos, idiota». Acuné mi rostro en su pecho y él me acarició la cabeza dulcemente. «Me voy a separar de él».

—Perdóname, Sénder —dijo con llanto en su voz.

—Shhh —puse el dedo índice en sus labios y sonreí con pena—, no digas nada.

Noté su lágrima rozar mi dedo.

—Fui un idiota, no aproveché los últimos días contigo… Yo… No aceptaba ni asimilaba que te fueras… —lloró.

—Tranquilo Lemon, ahora estamos aquí.

Me abrazó nuevamente apoyando su cabeza en mi hombro. Coloqué mis brazos alrededor de su cuello, atrayéndole más hacia mí. Le obligué a que me mirase. Esos ojos me miraban tristes, con dolor y sufrimiento. Él me quería de verdad, y ahora me perdería. No aguanté más y lo besé. Un beso que nunca quería que llegase: el beso de despedida.

Nos separamos y recuperamos nuestro aliento, juntando las frentes.

—Iré a vivir a Londres por ti, Sénder —expresó serio.

Negué con la cabeza y lo aparté ligeramente.

—No. No lo hagas. —Me miró perplejo.

—¿Así que realmente te quieres alejar de mí? —Su voz se rompió.

Otra lágrima salió.

—No. Yo te quiero, Lemon, y me encantaría que vinieses conmigo, pero sería muy cruel y egoísta por mi parte. Tú tienes gente que te quiere aquí, muchísima. Tienes a tus criaturitas del señor. —Rio un poco y me alegró. Me acerqué a él y me puse de puntillas para volverlo a besar—. Este es tu lugar.

—Te esperaré e iré a ver…

—Lemon… —interrumpí—, no puedo dejar que, por mi culpa, tu corazón esté agarrado al mío. Apenas nos veremos… Nuestra relación termina. Necesitamos ser libres otra vez —sonreí débilmente.

—No, no, no… —se negaba tocándose la cabeza.

La chica del interfono interrumpió la escena.

—Ya es la hora. —Bajé la mirada y noté su abrazo cálido y protector. Intenté reprimir las ganas inmensas de llorar, pero no fui capaz y exploté entre sus brazos—. Liam, me lo estás poniendo muy difícil…

Y me besó. Nuestro último beso. Siempre lo recordaré.

—Te amo, mi Rojiza —dijo en un susurro casi inaudible.

—Te amo, Liam Garrido.

Con mucho dolor, me giré y empecé a caminar despacio. Me despedí con la mano de mis queridos acompañantes, que habían visto la escena, y cogí mi maleta del suelo.

No quería volverme, seguro que lloraría de nuevo. Y ahora debía ser fuerte otra vez, un país desconocido me esperaba. Crucé la puerta de embarque y allí todos desaparecieron.

LIAM

Sin girarse, entró en la puerta de embarque y vi desaparecer su hermosa silueta. Mi Rojiza se iba. No sabía cuándo nos volveríamos a ver.

No hablé ni miré a los otros, que también se habían despedido, simplemente corrí hasta la salida y pedí un taxi.

En quince minutos llegué a casa. Al entrar, cogí el gato de la suerte de la entrada y lo tiré al suelo, haciéndolo añicos.

—¡NO ME HAS DADO NUNCA SUERTE! ¡ROJIZA SE HA IDO, HOSTIA PUTA! —grité con las venas hirviendo.

Llegué al comedor, y todo lo que iba encontrando lo tiraba al suelo, destrozándolo. Me sentía muy estúpido, malgasté semanas asimilando que se iba y deseando que fuera una broma. Estaba enfadado. No con ella, conmigo mismo, porque yo no podía irme, lo tenía todo aquí. Seguí tirando las cosas, jarrones, figuras… Hasta que vi eso: nuestra primera foto. Paré automáticamente y sonreí por inercia. La cogí delicadamente, observando cada detalle y memorizándolos todos. Una lágrima se deslizó, sin ser notada. Abracé la fotografía con la esperanza de volver a tenerla en mis brazos. Caí de rodillas al suelo, llorando sin consuelo. Y entonces recordé el primer día que la vi…

Entré en GAME con la esperanza de encontrar el juego Fast & Furious. *Era para Miral, pues sabía que le haría ilusión. Busqué por todos los estantes hasta que di con él.*

—Por fin eres mío —reí maléficamente. La gente me miró, pero me daba igual.

Me puse en la cola. Dios, era larguísima…, y para colmo, iba muy lenta; seguro que el dependiente era algún novato.

—¿¡Es que aquí no hay más gente!? —me quejé.

—¡Cállese! —me respondió el hombre que iba delante de mí.

Eso me enfureció. Segundos después, y sin saber cómo, la tienda se llenó de gritos. Pero después se calmaron, a medida de que la cola avanzaba. Por fin era mi turno, iba a quejarme por la lentitud, pero vi a una dependienta. Una chica con un pelo llamativo por su color rojo.

—¡Por fin! —dije para llamar su atención porque estaba cabizbaja. Le entregué el juego—. Oh, tenemos nueva dependienta.

Sus puntas rojas eran lo que más resaltaba, hasta que dirigió su mirada a mí. Sus ojos verdes hermosos combinaban a la perfección con su pelo.

Abrió la boca, sorprendida.

—¡Ah… ah! —tartamudeó—. Eres Lemon.

Me reconoció y sonrió.

—Tienes razón, muchacha —dije con acento cubano—. Soy Lemon.

Noté su sonrojo y su nerviosismo al cogerme el juego de las manos.

—¿Te pongo nerviosa? —Me miró con ojos grandes y negó con la cabeza, sin decir nada.

Me atendió.

—¿Algo más, señor? —me preguntó formal.

—Uyyyyy, Rojiza... ¡Cómo la has liado ahora! —bromeé.

—¿Qué?

—Nunca me llames señor, nunca. —La acusé con el dedo—, ni me trates de usted —achiné los ojos para leer su nombre en el cartelito—: Sénder. —Se sonrojó—. Pero si te gusta más Rojiza, te llamaré así.

Ese fue nuestro primer día, el que nunca olvidaré. Voy a echarla de menos, pero sé que ella será feliz, así que yo también lo seré.

Rojiza, recuerda estas palabras:

Te amo.

FIN

Te recomendamos…

NERVE
Jeanne Ryan

Flower
Elizabeth Craft y Shea Olsen

Diabólica
S.J. Kincaid

Hasta el fin del mundo
Amy Lab

ESTE LIBRO SE TERMINÓ DE IMPRIMIR
EN EL MES DE FEBRERO DE 2017